O tesouro de Nicolau

NATANAEL DE ABREU

O tesouro de Nicolau
Laços e traços

Esta é uma obra de ficção, qualquer semelhança com nomes, pessoas, fatos ou situações da vida real terá sido mera coincidência

É proibida a reprodução total ou parcial do texto deste livro por quaisquer meios (mecânicos, eletrônicos, xerográficos, fotográficos etc), a não ser em citações breves, com indicação da fonte bibliográfica. Este livro está de acordo com as mudanças propostas pelo novo Acordo Ortográfico, em vigor desde janeiro de 2009.

Copyright © 2024 por Natanael de Abreu
Contato com o autor pelo email
natan.terra@bol.com.br

Revisão
Renata Borelli Valentim

Projeto Gráfico, Capa e Diagramação
Yanderson Rodrigues

Fotos da capa
Composição sobre fotos do Arquivo Público do DF.

Impressão
Grafica e Editora Movimento Ltda.
61 3361-1063

Dados Internacionais de Catalogação na Publicação (CIP)
(Câmara Brasileira do Livro, SP, Brasil)

A162   Abreu, Natanael de.
        O tesouro de Nicolau : laços e traços / Natanael de Abreu. --
        Brasília, DF : Colli Books, 2024.

        244 p.
        ISBN: 978-65-6079-008-7

        1. Ficção brasileira I. Título.

24-225942   CDD-B869.3

Índices para catálogo sistemático:
1. Ficção : Literatura brasileira B869.3
Aline Graziele Benitez - Bibliotecária - CRB-1/3129

LED Águas Claras
QS 1 Rua 210, Lotes 33/36 | Salas T2-0804-0805-0806 |
Águas Claras | Brasília – DF | CEP 71950-770
E-mail: general@collibooks.com | www.collibooks.com

Dedicatória
Para os candangos.

Agradecimentos

Por todas as informações sobre a Fazenda Aldeia de antigamente e pelo estímulo, agradeço muito a Sílvio Caetano Vasconcelos (*in memoriam*).

Pelo prefácio gentilmente escrito pela Professora Ione P. Vasconcelos.

Muito grato, amiga Renata Borelli Valentim, pela revisão, pelas lições e pelo tempo que dedicou a este livro.

PREFÁCIO

á muitos registros e documentários sobre Brasília e sua construção. Porém, pouco se escreveu sobre a rotina de um candango pioneiro que aqui esteve desde 1957. Natanael de Abreu, o autor do romance "O Tesouro de Nicolau, Laços e Traços", soube capturar, com singeleza e precisão, não exatamente a rotina em seu sentido estrito, mas a correria e a pressa que caracterizaram a vida dos pioneiros que para aqui vieram quando ainda nada havia, uma cidade estava se formando e construindo a si própria.

O autor é mineiro de Muzambinho e atualmente reside em Brasília. Nasceu em novembro de 1956, sendo o décimo-sexto de dezoitos filhos de uma mãe amorosa e batalhadora. Segundo ele, escrever em prosa parece ser algo natural, espontâneo e a melhor forma de expressar seus sentimentos. Afirma, ainda, que seu desejo de escrever foi inspirado pela leitura do romance "Floradas na Serra", da saudosa escritora Dinah Silveira de Queiroz. "Senti uma vontade incrível de escrever de forma semelhante com aquela expressão literária, com aquele estilo. Então, comecei com o romance "Quarenta Dias e Quarenta Noites" e percebi que não poderia mais deixar de escrever", afirmou.

O presente romance é a terceira obra do autor publicada . Ao lê-lo, revivi alguns momentos da minha própria experiência em Brasília. Além de ter nascido bem próximo à Aldeia, local de origem do personagem Nicolau. Assim como Nicolau, vi o burburinho e a efervescência da Cidade Livre, onde viviam meus parentes, quando eu ainda era adolescente. Barracos. Terra vermelha. Gente vinda de todos os cantos do Brasil em um movimento intenso. Também a inauguração da nova capital, tudo muito bem contado pelo autor.

Na década de 1960, fui professora da antiga Fundação Educacional do Distrito Federal e tempos depois, a partir do final dos anos 1970, professora da Universidade de Brasília, da qual já me aposentei. Sendo assim, sou também uma pioneira da Educação da nossa admirada capital.

O livro que você tem em mãos não trata apenas da construção de uma cidade, pois, enquanto participava da epopeia dos primeiros anos, Nicolau sonhava em construir a sua própria família, como se em duas frentes. Bem interessante foi a forma que o autor encontrou para esse entrelaçamento e para falar sobre o cotidiano da família do pioneiro até a época atual. Uma viagem no tempo e no espaço, com o início em um cerrado a ser desbravado, depois passando pela Cidade Livre (atual Núcleo Bandeirante), pelo Lago Norte de Brasília e, por fim, terminando na exuberante e bonita Águas Claras.

Penso que o enredo do livro foi alinhavado de forma a dar um destaque para a importância da família, do trabalho, da fé, da amizade e da importância da preservação dos bons valores.

Ao chegar ao final, tive vontade de conversar com os personagens de tão reais que me pareceram.

Boa leitura

Ione P. Vasconcelos

1

Cheguei finalmente. Vejo um mar de árvores retorcidas e um céu de tirar o fôlego. Não muito longe, uma cidade ainda não existente parece flutuar no meio de um grande terreiro vermelho rodeado por uma imensidão verde. A minha Aldeia ficou para os lados detrás da poeira da estrada e meu coração bate forte. Está tudo quieto e o vento sopra com calma. Ficará para sempre no livro das minhas recordações a grandiosidade deste encontro das coisas do céu com a terra virgem. Há muito trabalho a fazer e meus braços estão prontos.

Um homem de negócios sério e uma pessoa honrada. Ele tinha um espírito aberto, temperamento otimista, sempre disponível para ouvir os familiares e amigos. Autêntico, confiante. Antes de mais nada, papai era admirador do Presidente Juscelino. Também tinha um caráter cheio de bondade e sorriso contagiante. O porte era desempenado, nobre, um andar seguro e a cabeça sempre alinhada ao resto do corpo. Seus olhos escuros e penetrantes, que pareciam ler nossos pensamentos, encantavam a todos; os cabelos penteados para trás e a sua pele cor de oliva... Ah, havia suspiros das moças por onde ele passava. Mamãe foi sortuda e segurou o homem, meu inesquecível pai. Eu não teria – e nem seria – nada sem meu velho. Naquele instante, em pleno cortejo fúnebre, isolei-me para ficar absorta nos meus doloridos pensamentos. Não quis compartilhar a reflexão com ninguém e desejei sentir que seria a minha despedida dele; despedida de filha. "Reservo o que ainda tenho de lágrimas para o momento derradeiro, para daqui a pouco", pensei comigo mesma. "Preciso voltar para perto de mamãe. Vamos reunir as forças. Saulo está incomodado comigo".

— Maria Helena, minha irmã, fique perto de mamãe – pediu ele.

Fiz que sim, oferecendo um sorriso amarelo, custoso de sair, e balancei a cabeça.

A morte de papai acarretou grande alteração nas nossas vidas. Sem ele, um estranho vazio tomou conta de tudo e mamãe não suportaria viver sozinha. Como ficar no sobrado do Lago Norte apenas na companhia de uma empregada, algumas vezes fria e distante? Como continuar subindo a escadaria com três lances e dois patamares para ter acesso ao quarto de casal? As pernas de idosa começavam a pesar bastante para ela. Sugeri um elevador na casa, mas a dona Emília não quis nem pensar na possibilidade. Sempre falava que todo mundo admirava o dinamismo do papai, e ela também desejava ser assim. Fazer esforço faria parte de sua rotina até seu último suspiro, dizia ela. Não apresentei objeção, pois sabia que sua expectativa seria superada pela realidade. Era uma questão de tempo, pouco tempo. Percebi que alguém teria de tomar as rédeas da família, pelo menos até tudo se ajeitar melhor. Pensei em cada um e a conclusão óbvia era que esse alguém deveria ser eu. Saulo, nos seus 50 anos, morava sozinho e não estava nos seus melhores dias e a missão de levar a pizzaria para frente já estava de bom tamanho. "Ele não teria cabeça para coordenar uma pauta tão séria", pensei. Foi dispensado. A vida de Celeste não estava nada fácil, pois seu casamento com aquele drogado, covarde e aproveitador ruíra. Minha pobre irmã precisou fugir de casa e se alojar de qualquer jeito com seus filhos num imóvel pequeno, emprestado por tempo limitado por uma de suas amigas. A violência doméstica foi parar na mesa do delegado e o casamento na justiça. Assim estava mais que dispensada e precisando de apoio. Depois que ela resolveu a papelada da separação, pensei numa reunião familiar para um almoço de domingo, aproveitando que meu marido estava na cidade. Anunciei um churrasco aqui na minha casa, no setor Arniqueiras de Águas Claras. Quando se fala numa cervejinha gelada, todo mundo confirma presença com sorriso nos lábios.

— Cadê nossa mãe? – perguntou Saulo.
Dei uma respirada.
— Como a conversa será pesada e mamãe ainda está bastante sofrida, sensível, penso que, quem sabe, o melhor seria ela não ter sido convidada a participar desta reunião – disse eu, levantando minhas sobrancelhas –, mas se acalmem, meu marido deve estar chegando com a nossa rainha.

Saulo e Celeste se entreolharam, brincando estarem tomados por um leve espanto. Uma surpresa.

— Sua cabeça está confusa, Maria Helena. Parece que não fala coisa com coisa – exclamou Celeste, rindo diante da minha expressão. – Como falar em conversa pesada bem no início de um churrasco cheiroso e preparado pelo meu gatinho?

— E com cerveja geladíssima no copo – completou Saulo, reforçando o comentário da irmã. – Qualquer decisão familiar sem a presença da mamãe perderia o sentido, não acha?

— Vocês têm toda razão. Ando muito estressada com a situação. O tempo é de superação e colocar tudo nos trilhos novamente.

Resolvi na hora abandonar qualquer traço de formalidade e bobamente comecei a rir, forçando ter achado graça na gaiatice de meu irmão ao pegar outra latinha de cerveja. Mal terminamos as risadas e mamãe chegou com Geraldo.

— Parece que a coisa anda animada por aqui! – exclamou minha mãe, a dona Emília.

— Churrasco faz milagres! – gritou Saulo, levantando o copo que acabara de encher. – Hora de aliviar as dores, não é, família?!

— Sim, meu filho. Porém, vamos com calma. E também vamos mais devagar nas bebidas, hein?! – disse com força, retomando a sua autoridade de mãe.

∿

Papai nunca nos escondia nada. Sabíamos perfeitamente o pavor que sentiu, assim como sentimos nós todos, quando Celeste fora sequestrada por aqueles seres desumanos no estacionamento próximo do ateliê. Sequestro relâmpago. Tivemos um momento de enorme tensão, após ele receber a ligação dos bandidos. Contudo, seu espírito prático foi fundamental nas negociações e no pagamento do resgate. Suas palavras decididas e firmes salvaram a vida da minha irmã. As ligações eram duras, os tons ameaçadores. Eles exigiram imediato pagamento pela soltura de Celeste. Então, papai pediu um pequeno tempo para juntar os recursos e poder satisfazer o esquema de pagamento ordenado por eles, inclusive sem a presença da polícia, pois caso contrário, minha irmã teria um fim trágico. Nas negociações, papai se manteve com calma e muita precaução. Somente quando viu a família completa reunida, a ficha caiu e apareceu uma ruga de tristeza no seu adorável rosto. A tensão acumulada e escondida na sua alma saiu em forma de lágrimas de alívio. Papai não

O TESOURO DE NICOLAU

poderia estar contente sem a demonstração de confiança e esperança nas pessoas. Mesmo com o final feliz, pela vida salva da filha, a recuperação do bom estado de espírito demoraria. Certamente sua cabeça não estava ainda nos seus melhores dias quando lhe faltou o reflexo de desviar o carro da carreta assassina. O condutor não deu a menor bola para a linha dupla contínua que não permitia ultrapassagem em nenhum sentido e muito menos para a vida que pulsava no carro que vinha na mão correta. O luto... Essa palavra melancólica ficou estampada na minha página do facebook por um bom tempo e pude compartilhar minha dor com os amigos. Era meu grito de socorro. Recebia mensagens de consolo de todos os lados. Saulo e Celeste a mesma coisa. Engraçado é que recebíamos muitas palavras de alento que encorajavam a alma, mas a presença física dos autores no velório foi pequena, relativamente. Ficava a sensação de que uma amiga colocava lá: "meus sentimentos, Helena" e se via na situação de que cumprira seu papel social e de amizade. Depois, seguiam as fotos dos encontros; cada um com seu copo de bebida e sorriso de *selfie* nos lábios. Soava estranho, mas no outro dia tudo funcionava normalmente na cidade. O trânsito caótico de sempre, as pessoas apressadas, as portas do comércio abertas, a barulheira das avenidas, as chegadas e partidas nas estações do metrô. Derramei algumas lágrimas quando senti na alma que a morte de meu velho não tinha a menor importância para o mundo. Rostos anônimos que ignoravam minha dor. Tive vontade de gritar no meio da rua que papai morrera, que ele era o pioneiro dos pioneiros, que abrira caminho no cerrado para Brasília nascer, que pegou na marreta, que trouxe produtos de primeira necessidade quando tudo era escasso na cidade, mas fiquei quietinha, resignada na minha mais profunda dor, com um ar de tristeza sobre tudo e sobre todos. Sim, o mundo ficara amarelo para mim. Será que era algum tipo de egoísmo de minha parte desejar mais abraços físicos e verdadeiros dos amigos, familiares e até de desconhecidos? Ver que a cidade estava também enlutada pela morte dele? Afinal, tratava-se um candango... Como papai se orgulhava disso! Era como se fosse um troféu ser chamado assim. Olhando para os lados da mamãe, sabia que ela recebera carinho de todos os seus mais chegados e as visitas posteriores regadas a chás, cafés e bolachinhas continuaram até que todos perceberam que ela poderia sobreviver com uma dor suportável no coração. Não saberia avaliar qual sistema é melhor. Aquele modo antigo de o povo marcar presença e demonstrar efetivamente seus sentimentos, ou o de hoje, com mensagens mínimas na fumaça do mundo digital... Mas, voltemos à reunião íntima familiar no mesmo ponto da chegada de minha mãe e do meu querido marido.

— A primeira porção de linguiça com aquela pimentinha! – bradou Maurício, com orgulho de ser o "gaúcho da família", dono da melhor técnica de preparar um suculento churrasco, daquele que leva seu cheirinho convidativo até a última casa da rua.

— Oba! – soltou uma exclamação a mãe do garoto, minha irmã querida.

Maurício aprendera a técnica pesquisando na internet. Na sua galera, ninguém queria comandar os espetos e sobrou para meu sobrinho que acabou tomando gosto pela coisa. Para Celeste, era mais uma das maravilhosas habilidades do filho.

De repente, meu olhar passou da churrasqueira para a procura por Milena. Não a vi por perto.

— Ué, onde está Milena? – perguntei para quem pudesse responder.

— Ela não virá. Marcou um encontro com as amigas – deu resposta Celeste.

Senti que era hora de iniciar a reunião. Monitorava os copos de cerveja de Saulo e suas bicadinhas na cachaça, pois sabia que, a partir de certa quantidade, meu irmão não estaria no seu pleno juízo e não colaboraria nas decisões a serem tomadas. Então, pedi que todos ocupassem as cadeiras da mesa retangular de madeira velha da nossa área *gourmet*. Geraldo voltava da cozinha, com o copo cheio de batida de maracujá, sua preferida.

— À saúde de todos e aos prazeres de uma reunião familiar! – exclamou ele.

Respondemos com alegria à saudação. Dei início:

— Família, tudo delicioso, brindamos, mas precisamos conversar. Depois de noites mal dormidas e muito pensar, decidi organizar este encontro. E...

Meu irmão não me deixou continuar:

— Assim, você me mata de curiosidade e preocupação – Então fala logo!

Por causa da interferência em má hora de Saulo, deixei no ar uma exclamação de desgosto. A normalidade voltou em alguns segundos, logo após Saulo aliviar a rata com um sorriso.

— O.K., pessoal, então não vamos mais tapar o sol com a peneira. Todos nós estamos conscientes da situação, das dificuldades e dores que passamos e por aí vai. Então, vamos escancarar os problemas, discutir e buscar soluções. Precisaremos de total vênia para concordar ou discordar, sem ninguém se sentir ofendido. Tudo bem?

Silêncio. Tratei de preencher o intervalo sem palavras, organizando um papel em branco e um lápis sobre a mesa. Queria anotar tudo.

— Vejo que ninguém se pronunciou ainda – continuei. – Então, sugiro que cada um coloque seu ponto de vista, suas sugestões...

A continuidade do silêncio soou depois como se fosse um "não vamos tratar disso agora"; mas não iria desistir do meu intento. Felizmente a animação voltou aos rostos e me senti fortalecida para continuar a conversa. Celeste deu o sinal:

— Oh, irmã querida, claro que sim! Realmente, precisamos falar de nós mesmos, de nossas angústias. A morte de papai ainda pesa muito e não podemos ignorar isso. Então, vamos ao "churrasco com prosa séria". Isso não é brincadeira – alertou. Agora com ar de seriedade e ainda mantendo quatro dedos no ar com o sinal dos parênteses.

— Irmã – disse-lhe eu –, pode começar por você?

— Sim – respirou fundo. – Bem, minha situação é conhecida por vocês. Só não falei das lágrimas no meu travesseiro, mas tudo O.K. agora. Minha vida conjugal não importa mais para mim, até porque não existe mais. Quero falar da minha vida profissional. Vocês sabem que vivo de pintar e vender quadros. Sim, dá um bom dinheiro, mas preciso estar inspirada e em paz. Ultimamente, nem uma coisa nem outra. A clientela anda sumida, arisca. A sorte é que tenho minha poupança, mas não posso depender dos seus juros merrecas de todo mês. Não sei se é por sorte ou azar o fato de o meu filho ficar a maior parte do tempo trancado no quarto. É terrível pensar assim, mas pelo menos isso ajuda a diminuir as despesas, já que são menos saídas para bancar. Juro que fico confusa, pois não sei se grito para ele sair para explorar o mundo lá fora ou... sei lá. Fico calada quando conto os centavos na minha bolsa. Oh, céus, me ajudem a encontrar meu rumo certo! – clamou ela. – Deixarei de fora os estragos no emocional que aquele homem deixou na minha família.

Ocorreu uma pausa, como se todos esperassem a continuidade das lamentações de Celeste. Como nada ocorreu, Saulo resolver quebrar o silêncio.

— Mais tragédia? – indagou ele.

— Por enquanto, não – respondeu Celeste, segurando-se.

Após alguns segundos, olhei para minha irmã, que me sorria serenamente. Tive a certeza que era hora de passar para o próximo.

— Saulo – indiquei sem apontar o dedo.

Meu irmão coçou a cabeça e levantou os olhos, como se buscasse palavras no ar.

— Vamos para as tristezas que me acossam... A partida do nosso pai ocorreu bem no período em que me sentia quase curado das dores da separação – disse ele. – Rita se tornara uma silhueta sumindo na linha do horizonte e eu já conseguia expressar um sorriso com os olhos brilhando. Então, o coreto ficou bagunçado de novo e o chão desapareceu. Precisei de um tempo para minha cabeça voltar a funcionar direito. Alguém teria de assumir o lugar de papai na pizzaria e toda a família apontou o dedo para mim. Assim, reorganizei minha agenda profissional de administrador de empresa com o intuito de honrar esse novo compromisso. Escritório de dia e pizzaria às noites e fins de semana. Lembrei que nosso velho recebia a clientela na entrada, apertava todas as mãos e oferecia seu sorriso de boa educação. Certa vez ele me disse que aprendera a sorrir mais e dar mais atenção às pessoas. Percebera o acerto quando notou o crescimento da freguesia. Não tenho dúvida de que fora influência do presidente que tanto amava. Planejei fazer o mesmo, mas me faltava aquele charme, aquele *tchan* – continuou a conversa, desenhando com o olhar um ângulo de 180 graus, algum diferencial, talvez. – Não me saí assim tão bem como papai, mas funciona até certo ponto.

Por um momento, ninguém sabia se ria ou chorava. Muito mais pelo olhar engraçado lançado por Saulo para cada um de nós. Então, meu querido marido abriu a boca:

— Afinal, cunhado, quais são as calamidades que ainda perduram? – indagou ele, voltando a sorver a batida calmamente.

Saulo respirou fundo, arregalou os olhos e voltou a falar.

— A verdade é que o pagamento do resgate de Celeste naquele valor de trezentos mil reais causou um rombo nas contas e não conseguimos mais deixar as coisas em dia. O custo para manter a pizzaria em pleno funcionamento, as despesas da casa do Lago Norte; enfim, as compras, salários, taxas e impostos pesam cada vez mais e temo pelo momento em que a situação se torne insustentável – expôs ele, em tom de lamentação.

Não houve quem lhe retrucasse. Geraldo voltou a se manifestar, agora em um tom bem acolhedor.

— Sei que vai conseguir botar tudo nos trilhos de novo. É só uma questão de tempo. E por falar em tempo, informo-lhes que pretendo diminuir minhas viagens neste ano, pois sei que preciso me ocupar mais com minha esposa. Também poderei ajudar em alguma coisa para aliviar toda essa situação, acredito que sim.

Fiz de tudo para conseguir transformar a previsível gargalhada em um sorriso suave e delicado. Cheguei perto de um sorriso de salão.

Saulo agradeceu:

— Grande cunhado! – ouviu sua voz dizer em tom irônico. – Ah, claro – agora em voz alta –, sei que poderei contar com seus préstimos, assim que for preciso! Muito obrigado.

Celeste ofereceu um ar de impaciência, avolumando-se como as ondas do mar submetidas a uma tempestade de verão. Ela arqueou uma das sobrancelhas, indicando que desejava falar.

— Muito chororô e nada de solução. Por que só agora estamos cientes da situação financeira da pizzaria? Parece-me que até de penúria, pelo visto.

Antes que a conversa debandasse para discussões feias e acirradas, tomei a palavra:

— Vamos com calma, gente! A ideia aqui é mostrarmos os problemas, não garras. Depois abriremos espaço para as sugestões.

Colou.

— Terminou a fala, Saulo? – continuei.

— Por enquanto, acho que sim.

Transferi meu olhar para Geraldo que segurava uma expressão pensativa. O polegar segurando o queixo e o indicador levantando a ponta do nariz não deixava dúvida. Dirigi-lhe a palavra:

— Sua vez, amor...

— Não. Prefiro que a conversa fique restrita aos filhos e à minha sogra. Tudo bem?

Fiz que sim, balançando positivamente a cabeça. Continuei.

— Mamãe, quer falar alguma coisa?

Ela olhou para cada um de nós e disse:

— Confio em vocês, meus filhos. O que for decidido, acato de bom grado.

— Bem... Então, minha vez.

Senti que estava na hora H do dia D.

— Olha – continuei –, acho que os problemas mais sérios já foram citados aqui e sinalizam a urgência por mudanças, assim penso eu. Há dias venho refletindo sobre isso e tenho uma sugestão que tem tudo a ver com simplificar as coisas, reduzir custos – pois isso se tornou uma premente necessidade, afinar nossos relacionamentos; enfim, voltarmos, mesmo se por um tempo limitado, a ficar mais próximos um do outro, acima de tudo.

Todos abriram a boca, como que incrédulos. Celeste foi um pouco além, arregalando os olhos e logo dizendo:

— Não quero parecer irônica, mas parece que minha genial irmã tem a solução perfeita para toda a família!

— Não brinque com coisa séria – foi o que saiu de minha boca.

— Sem dúvida... – reforçou meu marido.

— Pessoal, vamos parar de brincadeira e ouvir direito o que Maria Helena tem para nos dizer. Quem não está gostando, que se retire – exclamou Saulo entre os dentes.

Celeste abaixou a cabeça, sem graça e sem replicar. Sabia que o tiro fora para ela.

— Foi mal – murmurou Celeste.

Antes de seguir na conversa lancei um olhar de censura com o propósito de evitar novas manifestações desagradáveis.

— Bem, sugiro vendermos a casa do Lago e comprarmos um belo e espaçoso apartamento em Águas Claras. Deixem-me concluir antes de qualquer opinião assustada e contrária... Mamãe poderá ter muito mais segurança e sair da solidão de um casarão enorme e quase vazio; o condomínio garantirá uma vida social muito mais intensa, com qualidade. Certamente ela vai conquistar novas amizades, além de poder desfrutar da presença dos filhos. Ontem, enquanto sonhava com esta reunião, meu pensamento devaneou e recuou no tempo. Busquei sentimentos e recordações. Abri uma expressão de contentamento quando me lembrei dos dias em que saíamos para uma cervejinha no Beirute, de quando pegávamos um cineminha, daquelas rodinhas de bate-papo com nossos alegres amigos. Dávamos tão bem! Daí, pensei: Saulo e Celeste poderiam morar com mamãe por aqui, pertinho de mim. Como disse, nem se for por pouco tempo, alguns meses ou até anos, quem sabe? A sobra de dinheiro poderá ser usada para acertar todas as pendências. Será que estou delirando? – terminei indagando, com o coração cheio de esperança.

Naquele momento, compreendi o que era um silêncio ensurdecedor. Ninguém soltou uma palavra de conversa ou de reflexão e as expressões eram de surpresa. Parecia que um filme passava sobre nossas cabeças. Até Maurício se aquietou, deixando de lado o comando das carnes.

— Ah, sim, achei uma ótima ideia! – disse Catarina, em tom animador.

Minha Catarina. Beleza incomparável, clássica e elegante... Sempre mostrava a solicitude de uma adorável amiga em atender aos nossos pedidos. Delgada, cabelos e pele renovando o viço a cada amanhecer. Falar de Catarina era falar da combinação perfeita entre vestido lindo, bolsa maravilhosa e expressão muito amigável no sorriso e olhar. Meiga, de temperamento otimista; um encanto. Foi a primeira pessoa que procurei para pedir opinião. Numa lista de mil, ela seria certamente a número um.

— Ai, que ótimo sua opinião positiva! Isso me deu energia para falar com minha família. Penso num churrasquinho lá em casa.

— Desejo ser convidada! – brincou ela. – Por favor, sei que será um encontro íntimo entre vocês. Ficarei na torcida, mas depois vamos comemorar!

— Fechado!

A aprovação da minha amiga me dera força para ir até o fim com aquela sugestão aparentemente maluca de reunir todos num mesmo teto. Após o silêncio perturbador, um sorriso amarelo surgiria nas bocas; depois migraria para um sorriso aberto e franco. Venci a batalha! Todos a Águas Claras, como uma família unida e feliz!

2

A cidade acolheu mamãe, meu irmão, minha irmã, sobrinho e sobrinha de braços abertos, na mais linda comunhão familiar. Consegui que eles voltassem a morar juntinhos em um ótimo apartamento de quatro quartos, sala enorme, cozinha de cinema, banheiros e mais banheiros, escritório, quartinho de fundo – espaço imediatamente tomado por Maurício, já que empregada não haveria mais – além de uma sacada de dar inveja. Condomínio espetacular, com todas as mordomias do mundo. Uma vista deslumbrante do Parque de Águas Claras. Cidade nova, vida nova.

— Nunca mais vou subestimar a capacidade de uma professora de Matemática. Seguiu uma lógica, ligando coisa com coisa e resolveu a dura equação que nos colocava em cheque. Então, muito obrigada, minha irmã! – exclamou Celeste, com sinceridade.

Assenti, caprichando no abraço apertado de irmã mais velha.

— E a gatinha aqui? – lancei a pergunta para Milena. Acho que desejava mais palavras gostosas de ouvir. Em se tratando de minha sobrinha, era um risco.

— Direi a verdade, tia. A senhora sabe o tanto que detestei não ter dado a minha opinião sobre a ideia maluca de morar todo mundo em

Águas Claras. Nem sei se seria levada a sério, mas agora tenho certeza de que a família fez o que era correto. Estou começando a adorar meu quarto e ter um banheiro para chamar de meu! – disse, abrindo uma expressão graciosa.

— Isso é muito bom! – exclamei eu, contente de verdade.

Havia muito tempo que eu não recebia um abraço caloroso de Milena. Ouvi a campainha tocar enquanto ainda sentia o calor da demonstração de afeto.

— Tia, tem visita! – disse a voz de Maurício.

O relógio de parede mostrou o tanto que minha amiga era pontual.

— Bom dia, Catarina! Sempre em dia com a hora! – elogiei.

— "Em dia com a hora", essa foi boa! Se pudesse, teria chegado mais cedo. Ainda mais se tratando de planejar um jantar de boas-vindas – disse ela, animada.

— Será um evento muito gostoso, eu sei. Marta e Roberto ofereceram o apartamento e nos deram a responsabilidade de escolher os pratos. Também marcará presença uma vizinha do andar de cima, uma nova amiga de mamãe, apesar do pouco tempo no condomínio, quatro dias para ser precisa. Nossa dona Emília está exultante com tudo isso. A propósito, as duas estão fazendo caminhada pelo parque – informei.

— Isso é muito bom! Ah, para início de conversa, pensei numa deliciosa sequência de quatro pratos e sobremesa arrebatadora – exclamou Catarina – Vamos tratar dos detalhes. Ah, bom dia, menino e menina!

— Bom dia! – responderam ao mesmo tempo, sem tirar os olhos do celular.

Fomos direto tomar ar fresco na sacada, sentadas no conforto de duas cadeiras de junco.

— Que delícia de ventinho refrescante! E que vista maravilhosa! Quando você me mostrou este apartamento com os olhos brilhando, sabia que a família compraria. Dentre outros motivos, por este visual – disse Catarina.

— Ai, como seria bom se papai estivesse aqui para comemorar com a gente...

— Quando fala do Seu Nicolau, como não pensar no que ele fez por mim! – exclamou Catarina com um sorriso. – Eu tinha 7 anos; tenho certeza porque adorava o grupo escolar, minha primeira série do primário. Foi nessa época, 1967. Brincava de pular amarelinha com uma amiga na nossa quadra e estávamos tão compenetradas em nossa deliciosa brincadeira que nem notamos a aproximação de um desconhecido. Era um homem que não metia medo nem pela figura nem pelos modos. Então sua presença repentina não nos causou receio. Não demorou e ele nos presenteou com balinhas Chita. Ficamos felizes como todas as crianças nessa hora. Após conquistar nossa confiança, ele me prometeu uma linda boneca de olhos verdes e cabelos iguais aos meus. Adorei. Dizia que "Susi" me aguardava a poucos metros dali, apontando com o dedo um local ermo. Então, achei o máximo ter outra boneca além de minha "Barbie".

— Estou arrepiada – suspirei. – Mas continue, por favor.

Catarina esticou a mão direita para mostrar como aquilo ainda lhe causava tremor e voltou a contar:

— Caminhei com o homem do saco até o local indicado. Assim que não dava mais para ver minha amiga Gabriela folheando o gibi que aquele homem retirara do saco de estopa e minha casa desaparecera por completo do meu campo de visão, ele me pegou com força pelos braços e acelerou os passos. Fiquei apavorada, querendo gritar. Minha voz não saía e todo o meu corpo estremeceu. Foi a mais apavorante sensação que tive na vida. Percebia que a área coberta por capim e pés de mamona se aproximava como se fosse um filme de terror. Era como se todas as minhas referências tivessem virado fumaça – disse ela, naquele momento já gaguejando – Preciso de água – suplicou.

Pedido feito, pedido atendido. Providenciei dois copos de água mineral.

— Respire um pouquinho – sugeri. – Que coisa, esta história ainda a deixa muito transtornada.

— Sim. Sei que esta cena jamais sairá de minha cabeça, já estou conformada.

Antes de continuar, Catarina mudou sua expressão da água para o vinho mais precioso deste mundo. Parecia que desejava escolher as mais belas palavras. Seus olhos procuravam um lugar no céu azul e o sorriso incrível era como se prenunciasse palavras de conforto e alívio.

— Ouvi um "Hei, peraí" tão poderoso e distante, que pude entender que não saíra da boca medonha acima de mim. Imediatamente, aquele ser me soltou e saiu em disparada, deixando o saco de estopa no chão. Ele se embrenhou pelo mato como uma serpente em fuga desesperada. Minhas pernas começaram a tremer a ponto de eu não conseguir ficar em pé. Não demorou e pude ouvir uma voz tão agradável, que parecia de anjo.

— Tudo bem, minha menina?

— Quem disse que consegui responder? Sei que ficou desenhado nos meus lábios um sorriso de alívio custoso, pois a moleza do corpo chegou até a minha boca. Ele perguntou pelo meu nome e pelo meu endereço. Não saía nenhuma palavra. Sim, era seu pai. Um olhar tão penetrante e doce, que acalmava até a alma mais agitada. Era o meu caso.

Fiquei curiosíssima.

— Conte-me tudo, quero saber de cada detalhe! – soltei uma exclamação de orgulho. – Eu sei dessa história só por cima.

— Ele ofereceu suas costas para me carregar. Foi até engraçado vê-lo ajoelhado e de costas para mim. Aceitei a oferta sem pestanejar. Na verdade, estava tão aliviada e feliz que parecia que aquela alma bondosa era uma grande amiga de muito tempo. Pedi para descer quando senti que minhas pernas voltaram ao normal. Fomos de mãos dadas até o ponto em que ele descera da sua bonita Rural Willys azul. Como minha cabeça já estava recuperada, pude indicar o caminho da minha casa.

— Ah, agora me lembro daquela perua de papai. Eu era bem pequena, mas recordo dos piqueniques que mamãe adorava preparar. O carro ia cheio de crianças ávidas para o passeio até o lago Paranoá. Havia uma estradinha de terra nas proximidades do Congresso Nacional. Então, não era difícil ter acesso às suas margens, tudo muito bonito e ainda com o cerrado em pé. Era adorável correr na sua beira, nadar e ainda saborear a gostosa limonada e o pão com mortadela. Éramos felizes com tão pouca coisa – disse eu. – Ai, termine, estou interferindo demais.

Catarina deu uma risada tão gostosa, que provocou em nós duas o desejo de brindar mais uma vez nossa amizade. Brindamos com água mesmo e meu repentino silêncio e olhar curioso indicaram-lhe que eu aguardava o desfecho da história.

— Ai, ai, foi assim: quando Gabriela se sentiu cansada de folhear o gibi com a história de Tarzan, passando-lhe as páginas com mais pressa pela segunda vez, percebeu que havia algo de anormal na minha demora em voltar. Ao se ver sozinha e achar tudo muito estranho, a sua ficha caiu. Então, ela soltou um grito medonho quando confirmou minha ausência ao sondar todo o ambiente em volta. Mamãe apareceu correndo. Antes de ela compreender o que ocorrera, pôde nos avistar ao longe. Neste momento, soltei a mão de seu pai e corri feito uma louca para minha casa.

— Filha, pelo amor de Deus, o que aconteceu?! Quem é aquele homem?!

— Meu anjo da guarda, mamãe! – exclamei do fundo do meu coração.

Seguiu-se uma pausa e ficamos numa espécie de silêncio encantado por alguns segundos.

— Após tudo ficar esclarecido – continuou Catarina –, foi como se houvéssemos inaugurado a pedra fundamental da nossa amizade, do relacionamento tão bonito que se estabeleceu entre nossas famílias. Ainda pude ganhar uma amiga para lá de especial, três aninhos mais nova que eu: você, minha linda!

Brincamos de brindar novamente.

— Depois ficaria sabendo da prisão daquele homem perigoso. A polícia achou algumas pistas dentro daquele saco. Engraçado é que nunca essa história foi contada na íntegra. Sabia apenas que papai havia salvado você das garras de um estranho. O destino caprichou e, sem esperar, você me traz os detalhes. Obrigada!

— O agradecimento é todo meu, imagina! Voltemos aos pratos do grande jantar! – exclamou Catarina, oferecendo uma expressão adorável de alegria.

Dois dias depois, o pessoal estava na residência do casal amigo; menos eu que planejara fazer uma surpresa para mamãe. Havia-lhe dito que Marta desejava encontrá-la naquela noite. Não lhe informei o motivo, nem ela me perguntou acerca de tal. Quando chegamos ao apartamento da amiga, a porta da sala se abriu e recebemos uma animada salva de palmas. Afastei-me para que mamãe percebesse que a ovação era especialmente para ela.

— Assim, vocês me matam! – exclamou dona Emília com um tom emocionado na voz.

— A família merece! – disse o empolgado Roberto.

Tudo nos conformes. A aconchegante sala de estar estava preparada para receber os familiares e amigos próximos com uma bela decoração. A luz baixa garantia um ambiente intimista e muito agradável. Ah, eu e Catarina optamos pela comida mexicana. Uma cozinheira de Guadalajara garantiu delícias de pratos como Tortilla, taco, nacho com carne moída, burritos com variados recheios. A sobremesa caiu muito bem com nacho doce e tortilla de maçã, ajudando sobremaneira para o sucesso do jantar.

— Quando teremos bis? – brincou Geraldo, lambendo os lábios.

— Quando quiserem! – apressou-se a responder nossa anfitriã. – Será sempre prazeroso recebê-los aqui em nossa casa. Não acabou, não. Temos uma surpresinha para a querida guerreira – disse ela, desembrulhando uma placa de aço com formato de coração.

À dona Emília e família,

Que bom que vocês chegaram!
Bem-vindos a Águas Claras,
Novo tempo de uma vida cheia
De amor e felicidade!

Marta e Roberto

— Estou realmente sem palavras, mas quero agradecer muito pela recepção tão agradável e por esta bonita placa. A nossa vinda para cá nos deu um novo alento. Como é maravilhoso estarmos juntinhos novamente. Toda mãe deseja isso, mesmo sabendo que não será assim para sempre. Sentia-me um pouco solitária naquele casarão. Cada cantinho lembrava meu marido – disse, dando uma respirada para se recompor. – E a saudade estava me matando aos poucos. Acho que meus filhos compreenderam isso e abraçaram alegremente a proposta de Maria Helena. E aqui estamos! – soltou uma deliciosa exclamação.

Como era agradável ver minha velha expressar um sorriso nos lábios novamente, mesmo sendo meio contido. Sabia o tanto que ela ainda sofria por ter perdido o marido, meu pai. Também sabia que aquele momento tão gostoso não era para ficar pensando em perdas doloridas. De qualquer forma, tomei a decisão de em algum momento futuro conversar seriamente com ela sobre a morte, assunto quase sempre evitado, tabu. Após sacudir a cabeça para voltar ao meu estado normal, pude ouvir que Marta nos convidava para um bate papo na sacada.

— Que tal voltarmos ao Brasil com aquele cafezinho e apreciar o movimento da Avenida Araucárias – disse ela, com alegria na voz.

— E fazer o quilo – brincou Saulo. – Comida mexicana foi tudo de bom!

Não passou um minuto e estávamos acomodados na ampla sacada do apartamento. Aliás, que bonita sacada. Um toque de charme na iluminação, com lanternas e pendentes apoiados nas paredes de tijolos aparentes. Gabinetes, armários e prateleiras nos indicavam que a varanda também funcionava como área *gourmet*. O piso de cerâmica e o jardim vertical completavam o belo visual. Nossos amigos tinham bom gosto. Engraçado que eu conhecia o apartamento, mas nunca ficava ali com minha amiga, sentada, batendo aquela conversa, trocando figurinha. Era sempre um olhar de relance, sem verificar os detalhes. Sentávamos na ampla sala, estilo *clean*, sem exagero nos ornamentos; alguns quadros decorativos, cadeiras, mesas e sofás de *design* moderno. Uma delícia.

Mal terminara minhas observações, pude ver duas criaturinhas amuadas, agachadas num canto da sala. Encarei-as. Encararam-me. Aproximei-me mais um pouco.

Nem precisei fazer pergunta, pois Milena rapidamente expressou sua boca nervosa.

— Tia, isso aqui não é lugar para nós dois. Queremos ir embora! Mamãe tomou nossos celulares antes de virmos para cá.

— Como assim, não é lugar? Vamos crescer mais! Bora tomar um cafezinho e participar das conversas. Vocês têm muito a oferecer. Esqueçam o mundo virtual pelo menos por alguns minutos na vida – disse eu, tentando fazer de meu olhar de censura uma gostosa lição.

— Cafezinho é coisa de velho – disse Maurício, com cara para lá de azeda. – E quer saber? Não dá para viver sem estar conectado. É assim que funciona para a galera, tia Maria Helena.

Antes mesmo que eu encontrasse algumas palavras de bronca, minha amiga Marta já havia pensado na solução.

— Meninos, a salinha do computador está à disposição de vocês. Fica logo ali, virando à direita – disse ela, apontando com a unha belamente pintada de vermelho.

Oferecimento feito, aceitação com expressões de alegria. Celeste não pôde participar da cena, ainda bem, pois estava muito ocupada com as fofocas da dona Lourdes, aquela vizinha amiga de mamãe. Resolvida a questão dos anjinhos, fizemos uma rodinha em volta de uma mesinha pronta para o café. Já havia percebido que a Sra. Lourdes observava Catarina sem parar. Ela sentiu que o momento para lhe perguntar alguma coisa era aquele, com todo mundo pronto para se deliciar com uma xícara de café.

— Desculpe-me pela pergunta indiscreta, mas o que a senhora faz para se manter assim tão bonitona? – disparou.

Catarina tampou o rosto com as mãos, mas depois mostrou pelo olhar que a surpresa pela pergunta tão sem rodeios acabara.

— Não faço nada de especial, senhora – olhou para mim, mas acabou recordando do nome apresentado durante o jantar –, quero dizer, dona Lourdes. Talvez alguns cuidados básicos; os mesmos de todas as mulheres. Só um toque de sombra e rímel para melhorar os olhos. Nada mais.

— Impossível! – retrucou dona Lourdes. – Com certeza, a minha amiga Catarina tem algum segredinho especial. Seria botox? Ou, quem sabe, plásticas? Acho que ultrapassei os limites do bom senso, meu Deus! Perdoa-me.

— A conversa aqui será bem informal. Podemos conversar sobre tudo – socorreu Marta.

— Apoiado – acrescentou minha irmã.

Um silêncio se estabeleceu. Catarina percebeu que a súbita pausa era para ela responder.

— Nunca fiz plástica, mas quem pode prever o futuro? Nós, talvez mais do que os homens, temos a mania de projetar um ideal de beleza que é sempre aquilo que não está em nós. Muitas gastam verdadeiras fortunas, mexem aqui e ali. Nunca estão satisfeitas. Conheci uma colega de trabalho que a natureza a fez bonita; depois de teimosas plásticas, ela ficou artificialmente – perdoem-me a sinceridade – horrorosa, com seus traços banalizados e pele de boneca de porcelana. Penso que a cirurgia deve ser realizada apenas para melhorar a qualidade de vida, nada mais. Ah, meus lábios não têm botox e nem meus seios silicone. Tudo em mim é natural.

Dona Lourdes ofereceu um sorriso incrédulo no canto dos lábios.

3

Os dias correram muito depressa nos calendários. Se sossegasse meu espírito e fechasse os olhos, poderia desenhar na minha mente cenas ocorridas há anos, que iriam parecer vivenciadas na semana passada. Muito curioso. Será que terei oitenta ou noventa anos daqui a pouco, num piscar de olhos? Saulo se separou de Rita, papai faleceu no ano passado, minha mãe saiu do Lago Norte e veio morar aqui pertinho. Celeste... fiquei imaginando. Acabei me concentrando mais na situação de Saulo. Ontem à tarde, ele esteve aqui em minha casa para uma conversa particular. Eu havia feito o convite após ter percebido que as velhas rugas entre ele e Celeste estavam aflorando novamente e cada vez mais.

Para fugir do calor de 30 graus, ficamos embaixo da frondosa mangueira que tanto embeleza meu quintal.

— Meu irmão, parece que ainda não se libertou da ideia maluca sobre autoria da tal carta. Sabemos por você que ela existiu, mas nada sabemos sobre o conteúdo. Tenho certeza de que Celeste não fora a responsável. Sabemos que nossa irmã é um pouco difícil, fala sem parar quando está nervosa. Sua fala se torna rápida, quase atropelando as próprias palavras; mas ela fazer uma covardia daquela, não admitiria nem nos meus piores pensamentos.

— Sua certeza é absoluta? – indagou Saulo, forçando parecer curioso.

— Sim. Posso dizer que sim – afirmei sem agitar as pálpebras.

— Pois não posso dizer a mesma coisa com tamanha naturalidade, infelizmente.

Notei, então, uma frieza no seu olhar. A situação conflitante entre Saulo e Celeste era assim: cada qual ficava muito nervoso com a desconfiança do outro. Meu irmão alimentava a questão daquela maldita correspondência e minha irmã insistia no assunto das finanças da família. Para ela, Saulo não estava sendo transparente com as contas da pizzaria. "Ele só pode estar roubando", dizia ela, principalmente para mim. Claro que, quando Saulo ficou sabendo, virou uma fera: "Desgraçada!", esbravejava ele, cerrando os punhos com força.

Franqueei-lhe a palavra após fazer uma perguntinha básica, imaginando que seria uma maneira suave de continuar a conversa.

— Você quer falar sobre essa história toda? – perguntei com louca esperança por um "sim".

Saulo expirou fortemente pela boca e começou a falar.

— Não dei a menor importância quando um dos meus empregados me alertou quase de modo festivo sobre os olhares de paquera da moça da joalheria. "Patrão, meu patrão, como pode um homem atento não perceber que a gostosona do outro lado da rua não lhe desprega os olhos?! Com todo respeito", ironizou ele, não conseguindo esconder um riso malicioso.

Ajeitei-me melhor no banco de madeira e sinalizei que estava muito atenta para ouvir.

— Somente Paulinho – continuou – poderia ter aquela liberdade comigo. Ele, que anda de mãos dadas com as brincadeiras e piadinhas, é a alegria do escritório: "Paulinho, você sabe que estou amarrado. Angélica já me basta", dizia eu, sempre num tom seguro. – Falando assim, penso que desencorajei qualquer um de retrucar.

Ele ainda continuou:

— De qualquer maneira, achei por bem ficar de olho na moça. Não percebia nada de anormal. Cheguei até a dar uma olhadela na vitrine da joalheria para pescar alguma coisa, deixar-me ser observado por ela. Naquele momento, um rapaz se aproximou bastante solícito. Perguntou-me se eu desejava alguma coisa. Fiz que não, que estava somente dando uma olhada. Por falar em observar, jamais poderia imaginar que meu perfil estava sendo examinado naquele instante, em cada detalhe, pela gerente da loja de joias. Fazia isso do andar de cima, numa visão privilegiada da calçada. Algum tempo depois, ela me contaria sobre isso, enquanto caminhávamos pela orla do Lago Paranoá. "Aquele gordinho fofo será meu, somente meu", ela confessaria que havia dito essas palavras enquanto se deliciava com a visão deste seu pobre irmão.

Soltei uma risadinha comportada. Recompus-me e voltei ao meu estado inicial, sério. Então, dei a entender que meus ouvidos continuavam atentos. Ele prosseguiu:

— Meu relacionamento com Angélica era maravilhoso, você sabia. Ela era uma moça adorável, muito educada e cheia de sonhos. Havia entre nós uma coincidência de gosto em quase todos os pontos. Era notável o quanto que compartilhávamos tantas coisas de forma tão especial. Angélica estava para concluir o curso de Psicologia em Goiânia e planejava se mudar para Brasília, assim que se formasse. Como você sabe, parte da família dela morava aqui e isso contava muito.

— Vocês se encontravam nos fins de semana. Pelo menos uma vez por mês ela vinha a Brasília, lembro-me bem disso... Como já estava casada, não pude participar muito daquela sua felicidade, mas tenho ótimas recordações daquela moça simpática. Vocês adoravam caminhar pela calçada dos fundos da nossa casa do Lago Norte.

— Ela me incentivava a fazer exercícios. Minha barriga já estava ficando saliente e isso não era bom. Bem, todo aquele namoro gostoso, prestes a virar noivado, ficou comprometido quando recebi um envelope com aquela foto. Foi um tiro na minha alma. Como seria possível Angélica abraçando e beijando na boca outro homem? Fui a Goiânia imediatamente para tirar satisfação. Angélica levou um susto quando viu fogo nos meus olhos. Quase esfreguei a foto na sua cara. "Quero explicação! Por favor, não minta", exclamei, com força.

Por um instante, ele deu vida novamente à expressão nervosa daquele momento vivido. Recompôs-se rapidamente.

— Angélica ficou pálida – continuou meu irmão. – A cor no seu rosto voltou aos poucos e ela foi se acalmando na medida em que as explicações começaram a ligar coisa com coisa: "Jamais faria isso com você, meu amor... Estava voltando de sua casa há dois domingos, lembra-se? Daí visitaria minha tia Elvira, na Asa Sul. Assim que desci do táxi, próximo a uns cinquenta metros do bloco, um rapaz me abordou e disse coisas sem sentido. De repente, ele me agarrou à força, colocou meus braços nos seus ombros e me ordenou ficar quieta, senão ele me mataria. Então, forçou um beijo. Foi a coisa mais horrível que pude sentir. Tudo não passou de alguns segundos, mas teve o poder de me deixar apavorada; nem percebi quando ele se foi. Por sorte, meus tios me consolaram e me deixaram mais tranquila ao dizerem que fora um caso isolado e sem nenhuma importância. Sugeriram para eu não comentar nada daquilo com você; pois, fazendo isso, poderia ser criado um mal-estar desnecessário entre nós. Juro que desejei falar sobre o ocorrido com você, meu amor, mas o pedido deles foi muito convincente. Realmente, procurei esquecer aquele episódio e posso dizer que estou conseguindo", disse Angélica, mostrando um grande alívio. Senti como se uma massa de toneladas houvesse saído de meu corpo. "Você me convenceu e está tudo bem, agora!", eu falei. Um longo beijo de alívio selou a volta triunfal das delícias do nosso namoro. Acho que nunca havia notado um brilho tão bonito nos olhos de Angélica. Ainda arrisquei uma última pergunta: "Espera aí, não chamaram a polícia?" Ela respondeu: "Sim, titio ligou para um policial amigo. Uma viatura ficou uns três ou quatro dias sondando o ambiente em volta e jamais apareceu qualquer criatura digna de ser suspeita. Então, o amigo de tio Alberto sugeriu que eu descesse do táxi bem ao lado do prédio para evitar qualquer outra surpresa desagradável. Anotei e pretendo cumprir à risca. Mas quero entender tudo sobre esta foto... quem a bateu e como foi possível sem eu notar". Então sugeri que encerrássemos o assunto e afirmei que descobriríamos o autor da armação covarde. "Sim, sim, por favor! E que nunca mais passemos por algo parecido novamente", ela suspirou.

Uma pausa nos permitiu curtir o ar fresco debaixo da mangueira.

— Nosso namoro esquentou – ainda com a palavra meu irmão – e achamos por bem marcarmos uma data para o noivado. Angélica concluíra o curso de Psicologia e não tinha nenhuma objeção em se mudar de vez para Brasília. Tudo nos conformes, mas não poderia imaginar que haveria outra surpresa desagradável e devastadora. Celeste entregou-me esta carta de Angélica. Tudo certinho: nome completo dela, endereço de Goiânia, meu nome escrito corretamente, a letrinha toda cursiva da minha adorável menina... O pior foi ler o conteúdo. Veja, aqui está o bilhete:

> Saulo,
> É com dor no coração que comunico o fim de nosso namoro. Sei que aquela história da foto não saiu de sua cabeça, que seu sorriso agora é falso, que seus abraços não têm o mesmo calor de antes. Você não confia mais em mim, eu posso afirmar com todas as minhas forças. Não adianta forçar a barra, pois nunca mais haverá confiança verdadeira entre nós dois. É o fim definitivo. Por favor, não me procure nunca mais. Desejo que seja muito feliz nos braços de outra pessoa. Adeus.
>
> Angélica

— Jesus!

— Pois é, minha irmã – continuou Saulo –, ela também recebeu uma carta "minha" – desenhou fortemente as aspas no ar –, você compreende. Tudo muito bem bolado, para que os contatos terminassem em definitivo entre nós dois. Aqui uma cópia, lerei:

Angélica,

Sinto muito, mas decidi terminar tudo entre nós. Juro que tentei, mas não consigo deixar de desconfiar de você. Aquela foto jamais sairá de minha cabeça e não quero carregar isso para o resto da vida. Não quero torná-la infeliz com uma pessoa ao seu lado cheio de maus pensamentos e desconfiança doentia. Por tudo neste mundo, não me procure mais... Nunca mais! Que você encontre a merecida felicidade com outra pessoa. Sei que merece tudo de bom. Este adeus é definitivo.

Saulo

— Por que você não mostrou essas cartas antes? – indaguei impressionada.

— Porque quis esquecer Angélica o mais rápido possível e, claro, não desejei estender o assunto. Guardei as cartas e resolvi fechar o assunto. Menos, claro, sobre a tramoia da minha irmã. Tinha a certeza, não a prova. Tinha raiva e uma esperança estúpida de que Angélica reconsideraria sua decisão. Pensa que foi fácil? De jeito nenhum. A vontade que tive foi de sair por aí bebendo todas para que o pesadelo terminasse o mais rápido possível. Duas ou três semanas depois, quando saía do escritório, meus ouvidos captaram uma voz forte e sedutora: "Oi vizinho, meu carro não quer pegar de jeito nenhum", disse a voz às minhas costas. Pode me ajudar, por favor?" Era Rita, a bonitona do outro lado da rua, gerente da lojinha de joias, minha suposta fã. "Claro que sim", respondi imediatamente, virando-me. Foi a primeira vez que presenciava aquela figura tão de pertinho, com perfume, corpão e tudo. Sobre os seus encantos pessoais, ela tinha compleição forte, corpo bem-feito e altura acima da média. Você a conheceu, claro; mas acrescentaria que seus longos cabelos castanhos e olhar poderoso e penetrante chamavam a atenção por onde passasse. Naquele momento, ela vestia uma calça jeans skinny, ou seja, bem justa. Calçava botas cowboy e o conjunto era completado com uma blusinha solta e estampada. Uma pistoleira.com.br – exclamou Saulo com uma risada.

— Não sabia que você era tão observador! E o carro? – indaguei eu. – Nem me lembro de que ela tinha carro.

— Ah, não me esqueci dos detalhes porque foi um momento muito especial, nosso primeiro cara a cara. Quanto ao carro... Bem, era um opala 92, Diplomata SE, acho que fora o último modelo fabricado no Brasil. Enquanto atravessávamos a rua comercial, pude notar que Rita parecia carecer da magia do andar feminino, típico, bonito. Pisava forte e balançava os ombros. Mas, quem se importaria? Após verificar alguns itens básicos para o funcionamento do motor, constatei que o problema estava na falta de gasolina. "Tanque seco, eis o problema", informei. "Nada que um pulinho até o próximo posto não possa resolver isso", continuei exclamando. Rita abriu um largo sorriso, mostrando dentes poderosos. "Posso ir com você? "Respondi afirmativamente.

Fiquei impressionada com a riqueza de detalhes e a vontade inédita que meu irmão demonstrava ao falar da sua vida particular.

— As noites mal dormidas dos dias seguintes – prosseguiu Saulo – refletiriam o tamanho do meu sofrimento por ter perdido Angélica e da indecisão sobre o que fazer em relação à Rita. Não conseguia concluir se estava ou não preparado para entregar meu coração de novo e assim, tão rapidamente. Ela disse palavras de tal modo certeiras, que quase entreguei os pontos ali mesmo, dentro do carro, oferecendo meus abraços e beijos, sob os olhares espantados do frentista. "Graças a Deus consegui o melhor socorro que poderia desejar! Eu confio em você", ressaltou ela, num tom cheio de magia. Uma curta pausa seguiu-se a estas palavras. Senti que era minha vez de falar, rompendo o silêncio: "Ah, isso não é nada". Tanque enchido com gasolina comum, resolvido. Retornamos. Antes da despedida, ela falou: "Que tal uma comemoração?" , perguntou ela, cheia de certeza de uma resposta positiva da minha parte. Demorei um pouco para o meu "sim, pode ser". Ela brincou estar amuada e fez um beicinho. Seus olhos encontraram os meus e por pouco não começamos a namorar ali mesmo. Sugeri marcarmos um jantar, penso que para esfriar a situação. Funcionou. Os dias que se seguiram foram de dúvidas e continuidade das noites mal dormidas. No fundo, ainda sonhava em receber outra carta de Angélica, carta de arrependimento e pedido para reatar o namoro. De minha parte, a chama do amor ainda estava acesa... "É o fim definitivo. Por favor, não me procure nunca mais". Estas duras palavras que não saiam da minha cabeça acabaram me colocando no devido lugar. Então, resolvi marcar o restaurante com Rita. Achei que poderia até ganhar se aquele jantar motivasse o início de um novo namoro. Por que não arriscaria? Teria alguma coisa a perder? Como você, minha querida irmã, sabe, foi o início de um novo relacionamento. Percebi de cara, lógico, que a química entre Rita e a nossa família não funcionou. Mas, era a minha felicidade que estava em jogo; então fui em frente. O resultado, todos souberam: namoro, noivado e casamento. Tudo em apenas uns seis meses, para o espanto geral.

Saulo não gostava de comentar sobre seus sentimentos mais profundos. Então, quis aproveitar ao máximo aquele momento e descobrir o que mais a alma calada de meu irmão tinha a oferecer. Nada melhor do que indagar:

— Como uma cartinha, "assinada" – reforcei o entre aspas com os dedos – por você foi parar nas mãos de Angélica?

— Explico... Bem, num belo dia topei casualmente com Jessé, irmão de Angélica, naqueles corredores do Conjunto Nacional. Foi um susto, pois quando ele me viu, apressou os passos em minha direção e foi logo dizendo: "Pô, Saulo, que história é essa de você terminar com minha irmã através de um bilhetinho safado?! Nem sequer falou com a minha família. Porra, vocês haviam marcado o noivado, todo mundo torcendo e Angélica numa felicidade incrível. Deu vontade de dar uns sopapos em você, mas achei melhor dar um tempo. Na verdade, minha irmã não me deixou partir para a violência. E aqui estamos nós, cara a cara!". A cor desapareceu de meu rosto e confesso, fiquei gelado. As palavras não saíam de minha boca e meu coração disparou. Jessé chegou a ficar preocupado com minha reação e continuou: "Tudo bem, a raiva já passou. Já se passou um bom tempo... Pelo menos, dê uma explicação convincente, pois minha família é bem goiana e tradicional. E não admite falsidade e desconfiança. Angélica jamais trairia alguém, muito menos um namorado que tanto amava". Eu consegui falar: "Meu Deus, que trem doido é esse de eu mandar bilhetinho para sua irmã?! Agora, você é que me deve uma explicação. Minha cabeça está virada", exclamei eu, tão alto que todos em volta ouviram. E prossegui: "Eu recebi uma carta de Angélica terminando tudo e agora essa novidade!". Seus olhos ficaram arregalados e os cabelos empinados. Sua expressão ficou desenhada numa mistura de surpresa e incredulidade. "Parece que temos muito que conversar! Vamos nos sentar naquele banco". Por sorte, Jessé havia guardado uma cópia do bilhetinho que Angélica recebera e a guardava na carteira. Ele me disse que era para um dia esfregar no meu nariz, assim que me encontrasse. No outro dia, entreguei a ele uma cópia da carta original a mim enviada. Havia guardado o original dentro de um livro de Geografia. Não saberia dizer o porquê disso. Apenas o deixei ali.

— Mesmo já sendo casado? – Indaguei.

Saulo ficou pensativo por uns segundos.

— Sim... Rita não era dada a mexer nos meus livros, nas minhas coisas. Também parecia haver uma aura de mistério naquela folha de papel... Não sei o motivo, mas guardar aquilo parecia ser o único elo que eu poderia manter com Angélica, mesmo sendo palavras duras de um término de relacionamento. No fundo, esperava pelo momento de ter coragem de jogar a cartinha no lixo, mas tal momento não chegou. De certa forma, graças a Deus! – disse ele, oferecendo um sorriso sem alegria.

Fiquei pasma.

— E continua a pensar que tem alguma coisa a ver com Celeste?!

— Olha só, que irmã inteligente! Claro que sim. Quem armou as arapucas foi ela, sem sombra de dúvida. Celeste. Posso repetir mil vezes. Fiz uma lista de pessoas suspeitas. Mamãe, você, algum vizinho... Ninguém se encaixava. Mas tinha Celeste, que, aliás, demonstrava ciúmes de Angélica. E quem mais neste mundo poderia fuxicar nossas cartas, treinar nossas letras, saber dos endereços? Sem dúvida, ela enviou a foto comprometedora e as duas cartas. Tudo muito bem armado...

Pensei um pouquinho e falei:

— Celeste não tem a menor habilidade para imitar letra dos outros. Além disso, repito, ela jamais faria isso com alguém; muito menos com um irmão tão querido.

Ele retrucou:

— Boba, nada que uma boa nota de real não possa pagar por esse serviço. Conheço gente craque em falsificar letras e assinaturas.

— Será a sua palavra contra a dela. Até quando? – inquiri eu, meu tom exprimindo um lamento.

— Até ela confessar tudo direitinho.

— Você sempre teve a mania de ler alguma coisa e jogar no lixo.

Saulo fez que não ouviu.

Fiz uma pergunta:

— Qual a situação de Angélica agora?

Ele foi direto:

— Casada.

— Como você descobriu?

— Depois de tudo esclarecido, fomos conversar na área de alimentação do Conjunto Nacional. Jessé me contou tudo, inclusive da fossa da sua irmã por causa do fim do nosso relacionamento. Como ela havia se casado e com uma filhinha, achamos melhor que aquela tragédia ficasse em segredo. Angélica morreria se soubesse a verdade e seria um sofrimento desnecessário. Felizmente, ele me disse que sua irmã estava muito feliz, realizada na profissão e no casamento. E que isso bastava.

Ofereci meu abraço.

4

A chuva voltou a cair em quantidade. Um relâmpago clareou tudo ao meu redor e foi seguido quase que instantaneamente pelo estrondo medonho do trovão. Meu coração disparou e minhas mãos ficaram trêmulas. Agradeci a Deus por permanecer viva. Enquanto dirigia pela quadra deserta e assustadora, minha mente devaneou e retrocedeu no tempo até uma tarde também assolada por uma tempestade. Celeste puxava meu braço e depois nós duas corremos para debaixo da cama. Ela tremia de pavor e somente se acalmou após rezarmos o Pai Nosso e a Ave Maria por três vezes, em nome do Pai, do Filho e do Espírito Santo. Logo depois, a ventania daria sossego às janelas, os clarões emanados dos raios deixariam de assombrar as águas do lago Paranoá e o barulho infernal dos trovões cessaria. Voltei do repentino sonho acordado. Por sorte, a casa de Catarina estava próxima e eu acabara de entrar na sua rua, no setor de mansões Park Way. A mensagem pelo whatsApp: "amiga, estou chegando", foi o suficiente para que ela liberasse com antecedência o portão eletrônico e a garagem coberta com antecedência. A casa de Catarina sempre pareceu ser uma extensão da elegância e simpatia presentes na figura maravilhosa dessa minha amiga de coração; a fachada no estilo provençal dava o toque de classe e sóbria beleza. A bicicleta antiga encostada na parede de fora e todo o conjunto trouxeram o romantismo e o jeitinho francês da Provença. Lagos, fontes, bancos, vasos e um jardim de tirar o fôlego. Tudo em perfeita harmonia. A recepção, como sempre, foi recheada por caloroso abraço e largo sorriso de boas-vindas. As últimas novidades foram enumeradas e contadas, enquanto percorríamos calmamente a ampla sala com suas obras impressionistas de fino gosto. Alcançamos a escada e fomos conversar no lounge de leitura, no piso superior.

— O que seria de mim sem você? E você demonstra que jamais conseguirá prescindir da permanente vontade de me agradar – disse eu, com a maior convicção do mundo.

— Seria a mesma Maria Helena maravilhosa, cheia de sonhos e vida! – respondeu Catarina, com brandura. – E agradar você e seu pessoal é um privilégio para poucos, pode acreditar! O céu vestido de prata lá fora, neste dia tempestuoso, parece assanhar a vontade de beber um cafezinho esfumaçando. Que tal?!

— Concordo plenamente! – exclamei. Catarina falava de uma maneira clara e expressiva e isso me fascinava. – Já posso sentir aquele cheirinho convidativo! Ainda mais com a trilha sonora desta chuvarada. A bem da verdade, Brasília sorri quando cai água do céu, porque abranda e muito a secura de fazer inveja ao Saara.

Catarina riu da comparação, deu uma ajeitada na blusa e falou:

— Assim que li sua mensagem, pedi para a secretária providenciar um cafezinho. Mas vamos aos assuntos. Estou curiosa!

— É sobre Saulo... Na verdade, sobre todo mundo. Mas quero começar por meu irmão – disse eu.

— Saulinho...Tirando a barriga gordinha e aumentando um pouquinho sua altura, a uma distância de uns cem metros, qualquer um mais atento e que conhecesse seu pai diria que era o próprio.

— Não sei o porquê, mas somente pessoas de fora acham que Saulo é a cara de papai. É um mistério que nunca vou decifrar. Mas, vamos lá, amiga, que bom seria se a semelhança também se estendesse aos modos. Saulo não é muito dado a compartilhar seus sentimentos. Esteve em minha casa e, para minha surpresa, acabou sendo bastante claro e objetivo no que se refere ao velho e sem solução problema do famigerado bilhete. Você sabe bem, aquela história de achar que foi Celeste a autora das palavras que destruíram seu relacionamento com Angélica. Que coisa! Esta confusão parece se eternizar na cabeça dele. Isso ficou muito evidente durante a conversa que tivemos.

— Incrível! Mesmo depois de ter se casado com Rita, da separação e do tempo percorrido, ele ainda insiste nessa questão... Só pode ser porque a paixão pela bela moça goiana ainda perdura. Realmente... Como imaginar um bonitão igual a Saulo não estar rodeado de belas pretendentes. Bem de vida, elegante, respeitável, dono de uma educação de qualidade. Em suma, um grande homem e ótimo partido.

Achei graça nas palavras de minha amiga. Ela não costuma ser assim tão direta e certeira.

— Acho tudo isso a mais pura verdade, mas meu irmão precisa mesmo é de um puxão de orelha para ver se amolece um pouco seu coração. Prometo que farei isso na hora certa – exclamei com vigor.

A ajudante do lar trazendo a bandeja com café e biscoitos provocou uma breve pausa na conversa. Depois de darmos delicados goles e suspiros, quem rompeu o silêncio foi Catarina:

— Sei dessa história bem por cima. Não sei é da dimensão que isso acabou tomando...

— Ao saber que Angélica também havia recebido uma carta, tempos depois, meu irmão ficou muito confuso e profundamente revoltado. Ficou mais que evidente que alguém tramou uma grande sujeira contra os dois, muito bem bolada. Lembro muito de ele ficar andando de um lado para outro; olhava para Celeste e apertava os lábios, como uma pessoa que deseja falar, mas ainda tem uma pontinha de dúvida. Todo mundo pensava que aquilo era uma brincadeira, daquelas de irmão mais velho querendo censurar ou acusar a irmã por algum motivo qualquer. Porém, chegou o dia em que não se segurou. Explodiu em gritos e escândalos contra a pobrezinha. Celeste ficou paralisada e a cor desapareceu de seu rosto. Mesmo assim, teve força para dizer que não fora ela a autora daquilo. Foi uma coisa horrível, pois nunca havia ocorrido algo semelhante na nossa família. A partir daquele descontrole, a amizade entre os dois ficou severamente esfriada. A sua ira, com certeza, foi por ter tido conhecimento da falsa cartinha recebida por Angélica. Ficara a certeza de que alguém cometeu uma terrível covardia. Quem seria, na sua cabeça? Seu olhar de ódio se concentrou em Celeste.

Catarina segurou o queixo, lançou um olhar sereno e colocou o dedo indicador na ponta do nariz, como se buscando as melhores palavras para tratar do assunto.

— Não poderia imaginar que Saulo levara tudo tão a sério. Contudo, creio que dá para compreender os porquês de tamanha angústia em sua alma. Perdera o amor de sua vida por causa da maldade de alguém, não? Além disso, seu casamento com Rita virou um fracasso e acabou em divórcio. Duas doloridas perdas que se mostraram pesadas demais para ele – disse Catarina com um tom de lamento.

Fiz um esforço para tirar Saulo de minha cabeça e me concentrar nas outras questões. Evitei comentar sobre o dia em que meu irmão ficou sabendo do casamento de Angélica. Seria falar sobre um mar de lamentações. Senti um alívio de poder compartilhar as demandas familiares com minha conselheira de todas as horas. Então, continuei:

— Catarina, a mudança para Águas Claras foi uma espécie de salvação da lavoura, mas os problemas que antes ficavam numa distância segura, ficaram muito próximos e agora precisamos aprender a lidar com eles, sob pena de novos conflitos. Isso é que desejo evitar, de todo coração. Não gostaria que Saulo saísse do convívio com mamãe e voltasse para a Asa Sul. Você sabe, ele tem uma ótima renda. Penso que ele aceitou mais esse, digamos, sacrifício, para dar maior alegria para mamãe. O tempo que durar será bom e espero que seja longo.

— Entendo e torço muito – disse minha amiga.

— Para começar, temos a dona Lourdes. Aquela vizinha virou um grude, um carrapato na canela. Aposentada, elegeu a fofoca como sua principal atividade diária. Logo de manhã, a sua imagem desce a escada para continuar os intermináveis assuntos do dia anterior. Quer saber de tudo e de todos. Conta sobre tudo e todos. E sempre os mesmos assuntos: a hora em que um sai para o trabalho; hora em que o outro chega; quem estacionou mal; as brigas dos moradores; as fofocas quentes do dia; quem não paga o condomínio; o casal que está separado, outro separando e até observações picantes sobre um casalzinho recém-chegado no prédio – neste ponto, Catarina deu uma risada gostosa. – Fala sem parar e às vezes com atitudes bastante vulgares.

— Nossa! – exclamou ela.

— Meu reino em troca de uma solução para o caso! – brinquei. – O que podemos fazer para abrandar a situação? Diga-me, oh Catarina! No Lago Norte, minha querida dona Emília tinha os vizinhos numa distância sossegada e segura. Agora, ela é um apartamento cercado de vizinhos por todos os lados. Também de barulhos. São os saltos altos das madames de cima, moedinha de cinquenta centavos que cai no piso de alguém, furadeiras escandalosas, conversas aquecidas nas madrugadas dos casais, descargas cinematográficas... A lista é infinita – exagerei.

Mesmo se tratando de assunto sério, foi-me impossível não dar algumas risadinhas, devidamente seguidas pelas de minha amiga.

— Bem... Não tenho a menor ideia – Catarina balançou a cabeça. – Ela vai se acostumar, certamente! – exclamou, concluindo que aquela situação estava mais para engraçada do que pendendo para algo mais sério.

Por um pequeno tempo fiquei em dúvida se deveria continuar o desfile de problemas familiares. Lembrei-me de que o objetivo daquela visita era desabafar e pedir as opiniões de minha amiga. Então, resolvi seguir abrindo o leque. Foi nesse momento que percebi que Catarina ficara incomodada com minha repentina pausa. Ela continuou:

— O que ocorreu, Maria Helena? Por que esta expressão de preocupação no seu belo rosto?

A fala de Catarina pôs fim ao meu devaneio.

— Quero falar agora sobre meus sobrinhos, meus queridos sobrinhos... Celeste foi sempre a figura da mãe protetora, um pouco de síndrome de Wendy; incapaz de lidar com os tropeços de seus pimpolhos, sempre marginando seu próprio bem-estar para tentar satisfazer os desejos de suas crianças. Em tudo ela apoiava os filhinhos; ou melhor, os diabinhos. Maurício e Milena competiam entre si. Certa vez, eles bem mais novos, naquelas cervejinhas lá em casa, os dois combinaram de dar uma bela pisada nos dedos dos pés de uma amiga que nos visitava – Era a professora Rose. Cada um em um pé e ao mesmo tempo. Claro que minha visita deu um estrondoso grito de dor. Reação da mãe: "Nossa, vocês estão impossíveis hoje, não estão Mauricinho e Milena?! A amiga da sua tia está rindo de tanta felicidade! Façam o favor!".

— Meu Deus, você falando e eu sentindo vontade de colocá-los de castigo na hora. E ainda fazê-los pedir perdão para a professora. É o mínimo! – exclamou Catarina.

— Quis lhes dar um belo pescoção, mas me segurei. Puxar cabelos, revirar bolsas, empurrar, gritar nos ouvidos e outras maluquices divertiam principalmente Milena. A reação da minha irmã se resumia a dizer que sua filhinha era muito brincalhona. Misericórdia!

— Mexer nos seus cabelos, revirar suas bolsas... Dois crimes insuportáveis para todas as mulheres, não acha? – indagou Catarina, divertida.

Fiz que sim com a cabeça e risadinha.

Nova pausa para saborear o café até a última gotinha. Não resistimos e iniciamos uma segunda rodada da gostosa degustação. Tratei de reativar a conversa:

— Os dias de hoje, os dias de hoje... Celeste continua com sua maternal complacência, mesmo quando submetida às piores tiranias dos dois. Não consegue dizer "não". Aliás, nunca disse essa palavrinha mágica que, quando dita nos momentos certos, tem a capacidade de preparar os filhos para as realidades da vida. Tudo do bom, do melhor e mais caro para Milena ficar maravilhosa todos os dias, prontinha para as selfies diárias e o mais sofisticado smartphone para o seu Mauricinho. Faz um esforço sobre-humano para manter as mordomias dos filhos. Mas a questão central é sobre o uso da internet. Na verdade, um vício; parece que eles têm necessidade de estar conectados a cada instante. Milena, por exemplo, divide seu travesseiro com o celular e Maurício vara noites diante de telas – disse eu, apertando os lábios.

Catarina me observou de soslaio.

— Estamos num estado de permanente ansiedade. Somos cabeça, tronco, membros e celular hoje em dia. Ficamos cada vez mais impacientes e desatentos por causa do excesso de estímulos na telinha. Não é assim? Não há mais uma leitura atenta das coisas. E ficamos perdendo tempo com informações muitas vezes sem a menor importância, penso eu. Tudo é muito imediato, apenas informativo. Acabamos perdidos no meio de uma tempestade de estímulos de todos os tipos e gostos. Assim que amanhece, já estamos ansiosas e de olho grande nas redes sociais – completou.

Depois daquelas palavras ditas quase em tom professoral, fiquei tentada a falar sobre minha realidade em sala de aula, da falta generalizada de paciência e da desatenção dos meus alunos, mas achei por bem não alongar a conversa. Queria mesmo era uma palavra de encorajamento para aliviar minhas preocupações com meus entes queridos. A pausa breve provocada por esse pensamento acabou me alertando para a devida reação à fala de Catarina. Então, ofereci um sorriso e balancei com suavidade para cima e para baixo minha cabeça, em respeitoso sinal de concordância. Minha amiga riu do meu jeito. Tive um sentimento de leveza na alma, mesmo sem ter discutido e encontrado qualquer solução para as questões apresentadas. Desabafar era preciso.

5

pós ser acompanhada até o carro e Catarina ter-me feito prometer que voltaríamos a nos encontrar em breve, peguei os mesmos caminhos de volta para casa. A enxurrada ainda teimava na avenida Vereda da Cruz, quando, finalmente, cheguei à segurança do meu lar. O sol voltara a brilhar e isso me deu assanhamento para uma caminhada por Águas Claras, somente eu e meus pensamentos. O fim de tarde ainda me ofereceria um bom tempo de claridade. Coloquei uma tiara de cores alegres bem na linha das orelhas e prendi meus cabelos um pouco atrás com grampos; vesti calça legging preta, camiseta branca, bolsinha a tiracolo e calcei meu par de tênis apropriado para caminhadas. Como num passe de mágica, pude sentir a juventude pulsar em meu corpo e a renovação das energias. Somente nós, mulheres, sabemos o traje exato para cada ocasião. Ri. Desejei percorrer a avenida Araucárias assim que venci uma pequena distância de terra nua com suas torres enfileiradas de alta tensão. "Tanta terra pelada... Por que não um belo parque neste espaço maravilhoso da cidade, com passeios de pedras lisas e coloridas, lagoas apinhadas de patinhos e tartarugas; parquinhos, áreas de convivência, de leitura, de esportes e árvores, muitas delas e em todos os tons de cores?

Juro que adotaria uma bela e frondosa árvore típica do nosso cerrado", pensei, com esperança. Ao me ver sozinha, fato até raro, pois o costume era caminhar com Geraldo ou com uma vizinha de condomínio, vi o quanto é importante ter momentos só para a gente, com o espírito livre, leve e solto. Continuei caminhando rua 19 abaixo até alcançar a esquina mais nervosa da cidade, ao lado do shopping principal. Assim que o verde apareceu no semáforo, atravessei para o outro lado e virei à direita. Pronto! Decidi que iria até o final da Araucárias, respirei fundo e segui em frente.

Meu mundo predileto para fazer caminhadas sempre foi o Parque de Águas Claras. Naquele pequeno mundo preservado, podemos percorrer caminhos que nos levam ao encantamento da natureza, numa mistura colorida do estilo *Central Park*, de prédios altos, vegetação exuberante e pequenos representantes da fauna local. Porém, naquela tarde de folhagens sorridentes e brilhantes por causa da chuvarada, resolvi que seria bem diferente de percorrer a avenida de carro, olhando o mundo lá fora pelo ponto de vista de vidros fumês. Desejei observar o movimento das pessoas nas calçadas embelezadas pelos minijardins dos condomínios verticais, ver o ato civilizado dos motoristas ao respeitar em quem abanou a mão para atravessar a faixa, lembrando a capa de *Abbey Road*. Achei que meu pensamento fora longe demais, mas tudo certo. À minha direita, uma Kombi fazendo jus à sua fama de automóvel utilitário, onde poderíamos tirar cópia de uma chave. Logo adiante, a alguns metros, o entra e sai de um mercado local. Sorri sem querer e foi impossível não associar minha expressão de alegria com a felicidade que papai ostentava ao ver o dinamismo do comércio, a garra dos empreendedores. Ao fechar os lábios para não parecer uma bobinha andando pela calçada, pude sentir que as boas lembranças estavam afastando aos poucos as dores da perda. Ofereci para mim mesma um novo sorriso naquele momento, sem me preocupar com a tal censura social de achar louca quem anda pelas ruas com sorriso aberto.

Era impossível não observar, além das pessoas, das coisas e dos estudantes barulhentos das aulas terminadas, os prédios nada angulosos, mais parecendo imensos caixotes coloridos, colocados na posição vertical. "A elegância pede mais riqueza decorativa nas suas arquiteturas", pensei. Ao me aproximar da saída da rua 16, percebi um que fugia desse padrão. Pelo menos assim achei. Segui em frente e a distração me fez levar um belo susto quando uma bicicleta apressadíssima passou por mim, raspando, descendo a avenida feito louca. "Por isso é que ocorrem tantos acidentes com ciclistas" – pensei com força, como se acelerando as palavras na minha cabeça Fui incapaz de contestar as palavras que vieram à minha mente. A educação me impediu de expressá-las em voz alta. Respirei fundo para recuperar a lucidez.

O tempinho de alguns segundos fora suficiente para o meu coração voltar a bater com a calma e regularidade habituais. Decidi que nada mais iria prejudicar o andamento daquele desejo de refletir sobre a vida, exercitar meu corpo e andança pela avenida Araucárias da minha bela cidade. Céu de brigadeiro, caminho livre para o aguçamento de minhas percepções e sentidos.

Com esse estado de espírito, pude sentir de novo as delícias de uma boa caminhada. Segui sossegada, desviando-me das cicatrizes do passeio público, a ponto de não notar uma mulher devidamente acompanhada pelo seu cachorrinho da raça beagle seguir meus passos abafados. Aquela voz que soou tão familiar me tirou da distração e disse:

— Que bela surpresa! Minha amiga fazendo caminhada pela Araucárias! Que milagre é esse?! Estava saindo da agência bancária quando percebi sua linda figura descendo a avenida de cima a baixo. E parecendo se deliciar com os próprios pensamentos.

— Oi, Marta! Realmente estava distraída e ainda estou. Deixe eu chacoalhar a cabeça para voltar tudo ao normal – brinquei.

Um silêncio repentino ocorreu. Minha comadre rompeu a pausa.

— Precisamos voltar a nos encontrar. Que tal uma bela rodada de dominó mexicano na minha casa ou na sua?

— Aceito de bom grado no apê de mamãe – respondi na lata.

Marta riu da minha resposta tão imediata.

— Ando muito ligada em tudo o que ocorre com os meus, especialmente com mamãe – continuei. – Daí quase tudo se automatiza em direção a eles... Desculpe-me, pode ser em qualquer uma das casas, lógico.

Minha amiga voltou a rir; daquela vez com os lábios menos abertos.

— Sua boba, adorei a imposição de ser na dona Emília. Ela poderá participar do jogo. Vamos alertar todo mundo sobre o evento!

— Jura? – perguntei.

— Juro.

A agitação do beagle recomendou que era hora das despedidas.

— A gente se fala, então...

— Mande mensagem pelo zap – solicitou Marta.

Concordei com um meneio da minha cabeça e depois emiti um alerta, daqueles de amiga:

— Não se esqueça de recolher o cocô do totó, hein Martinha!

— Claro que não esquecerei – ela se expressou de pronto –, não quero virar notícia nas redes sociais de Águas Claras!

— Então, está bem. Até mais!

— Até!

A praça urbana era – e continua sendo – em Águas Claras um lugar onde a saudável utilização de seu espaço ainda não recebeu a notícia de ser coisa do passado, felizmente mil vezes. Não demorou nada e me vi diante de uma delas, quase no final da avenida. A criançada fazia a festa nos gramados e no parquinho. Os cães exercitavam as travessuras e os relacionamentos num cercado ao lado, tudo sob os olhares atentos de seus "papais" e "mamães". Por influência daquela movimentação, pensei ser melhor virar à esquerda, caminhar devagarinho para apreciar as cenas e, confesso, evitar descer uma boa ladeira que finalizava a avenida e a própria cidade. Segui meu pensamento e venci a pequena extensão da Rua 7 – Sul. Alcancei a avenida Boulevard (para mim, rua dos Trilhos) e retomei a andança usufruindo de nova paisagem.

Ao me aproximar da Estação Arniqueiras, avistei o cimo da torre da Paróquia Nossa Senhora da Assunção e me deu vontade de dar um pulinho até lá; talvez o meu ser interno pedia uma oração pela alma de papai. Achei melhor continuar em frente porque o céu alaranjado no horizonte alertava que a noite se aproximava. Eram as últimas luzes do crepúsculo. O belo quadro me trouxe lembranças dele e a de um fatídico telefonema que ainda insistia em me causar arrepios. Fiz uma viagem de emergência no tempo até ver Catarina me acudindo através de uma conversa muito séria a respeito:

— "Catarina, minha consciência fica pesada quando me lembro do telefonema. Por que, meu Deus, não aceitei de imediato o convite de papai para ir com ele até Anápolis? A história seria outra, com certeza... Ele não teria morrido. Cheguei a sonhar com papai dirigindo, com aquele sorriso cativante e nós dois com palavras de conversas amenas, de pai para filha, de filha para pai. O pior de tudo foi que ele viajou sem saber da minha decisão."

— "Nossa! Nunca mais fale um absurdo desse. Você teve suas razões para não lhe dar resposta naquele momento, somente isso. Absolutamente, você não teve nenhuma culpa pela morte de nosso saudoso Nicolau. Tenho certeza de que ele compreendeu que minha amiga não poderia ir e, para não incomodar, resolveu que viajaria sozinho. Afinal, Anápolis fica a uma hora e meia de Brasília e, em uma manhã ou tarde, ele resolveria tudo o que estava programado. Ida e volta. Fiquei sabendo que era para comprar uma peça qualquer. Não foi?"

As palavras amigas reforçaram minha convicção de que Catarina fazia com brilhantismo o papel de anjo da guarda. Em pensamento, ofereci-lhe novamente meu agradecimento. Apertei os passos e, alguns minutos, depois a Rua 19 de novo; naquele momento em pleno horário de pico, com o barulho infernal de sempre. Assim que estava para aguardar o sinal verde e atravessar a esquina, fui surpreendida por uma voz suplicante que soou ao meu lado: "Moça, pode me dar uma ajuda?" Qual minha reação?

Respondo: a de seguir em frente, como quase todo mortal. Porém, minhas pernas ficaram pesadas, assim como minha consciência. Como posso pedir tantas coisas ao Criador do Céu e da Terra e dar de ombros diante de um humilde pedido de esmola? Uma força me fez voltar para encontrar um rosto sofrido, chupado e de um ar geral de profunda tristeza. Também uma criança e suas primaveras sem flor, rostinho que estava ali, a meio caminho entre o colo da mãe e o chão de cimento grosso. Por sorte, carregava uma nota de 2 reais. Meu estado de espírito melhorou muito e a um preço tão baratinho...

6

avia prometido carona a uma professora novata, moradora do Guará I. Eu percebera em Raquel uma simplicidade muito agradável e de bom gosto. Tinha maneiras suaves e demonstrava vontade enorme de fazer o melhor para os alunos. Sem a ajuda do *Waze*, jamais conseguiria encontrar sua residência naquele emaranhado de endereços. Ela acenou para mim.

— Eu lhe dando trabalho, colega! Perdoe-me! – disse ela, aproximando-se, meio sem jeito.

— Nada disso, colega, estarei disponível sempre que precisar. Será sua vez quando meu carro for para a revisão! Vamos?

— Ai, ai, ai, desculpe-me por levar tantos livros... Na faculdade, achava incrível e engraçado um professor meu lotar seu carro com livros, mais livros, mapas, globo terrestre e muitas outras coisas. Devia ser para alguma emergência, pensava eu. Agora, eu faço quase a mesma coisa... Queimei a língua – disse Raquel, rindo-se.

— Você leva todos os livros para a sala de aula? – perguntei, curiosa.

— Sim. Quero dizer, quase todos.

59

— Já fez uso de algum no momento da aula? – prossegui, já retornando o caminho para o trabalho.

Raquel ofereceu um ar estranho.

— Fiz... uma única vez...

Pensei ser melhor mudar de assunto, porém ela insistiu em continuar:

— Assim que parei uma explicação, abri um livro e fiquei alguns segundos sem olho no olho com a turma; a casa caiu. Iniciaram uma bagunça tão incrível que tornaria quase impossível retomar o controle. Felizmente, o diretor estava por perto e conseguiu contornar a situação. Confesso que foi um choque. Avaliei que aquilo era de momento, sem muita importância. "A meninada é assim mesmo", pensei com calma e resignação.

Meu espírito prático me indicou que ela, por ser jovem, teria forças e inteligência para não cair em armadilhas e oferecer o melhor de si. Porém, ela me olhou com tal expressão, que concluí que desejava algumas palavras de conselho ou orientação.

— A turma queria testar seu controle emocional. Se percebesse fraqueza, insegurança, você estaria em maus lençóis. Avalie tudo direitinho e compreenderá que cada dia será um desafio novo, mas valerá a pena.

— Posso confessar uma coisa? Quando senti que não concluiria a aula como havia planejado, cheguei a indagar de mim mesma se era aquilo mesmo que almejava para minha vida. "Talvez fosse melhor fazer concurso", pensei na hora. A febre passou e agora desejo como nunca seguir carreira, apesar de tudo. Agora com mais força, devido às suas palavras.

— Que ótimo! Nossa, obrigada! A meninada sabe o que deseja e tem a visão do que quer alcançar – no caso, a aprovação no final do ano. Eles enxergam apenas o resultado final, o topo, o sucesso posterior; contudo, esquecem dos passos da caminhada, das obrigações, do esforço diário. Ninguém constrói o último andar com qualidade sem uma base sólida – disse eu.

Raquel balbuciou algumas palavras. Só consegui identificar que era sobre celulares em sala. Achei que ela perdera a vontade de comentar so-

O TESOURO DE NICOLAU

bre isso. Depois, o silêncio. Nenhuma de nós rompeu a pausa. Não demorou muito e estávamos diante de nossa escola, do nosso desafio diário.

∽ᴧᴧ∼

Encontramo-nos novamente no horário do intervalo das aulas e ela me chamou num canto para conversar. Nós duas dispensamos a participação na euforia dos colegas em torno do cafezinho. Alguma coisa me indicava uma mudança positiva no seu estado de espírito. Fiquei curiosa.

— Vamos nos sentar – disse Raquel.

Segundos depois, minha nova colega estava afundando no sofá de dois lugares, do final da sala dos professores. Fiz o mesmo.

— Pela sua cara, posso imaginar que tem alguma coisa boa para me contar. Acertei? – indaguei, animada, ajeitando-me melhor no assento.

— Sim – respondeu ela de imediato. Apenas não sei se foi tão coisa boa; talvez tenha sido uma boa lição, quem sabe até útil.

— Então, sou agora boca fechada e dois ouvidos atentos – brinquei, curiosa.

— Resolvi fazer uma simples pergunta para toda a turma. Assim: qual profissão você deseja seguir? Pedi que escrevessem num pedaço de papel e liberei o tempo de cinco minutos. Antes, para ajudar, comentei sobre minhas aspirações quando mais nova. Contei que tive várias, na verdade, mas a principal estava sendo materializada como professora na sala de aula. Percebi que despertara a curiosidade da meninada. Fiquei animada, claro.

Raquel deu uma pausa. Eu me lembrei de que tinha o próximo horário vago, porém não sabia se o mesmo se lhe aplicava.

— Colega, olha o tempo! A sirena chata já vai soar.

— Aula somente no último horário, portanto tenho tempo de sobra. E você?

— Estou livre também, vamos continuar a conversa e sem pressa – disse eu.

— Então... Recolhi os papéis, não sem antes informar que faríamos uma tabela e um gráfico de acordo com as respostas, e liberei a palavra para quem desejasse comentar. Um aluno levantou a mão e assim falou: "Professora, não estou nem aí para os estudos porque vou ser jogador de futebol. Vou andar de carro importado, cheio de gatas e ainda vou ganhar muito, muito mais que vocês, professores".

— Aposto que a turma riu.

— E muito. Então, tomei a palavra e lhe perguntei se estava preparado para entrar numa fila de milhares, talvez milhões, de candidatos com o mesmo sonho de entrar em grande clube de futebol, certamente craques de bola como ele. O silêncio na sala foi ensurdecedor, acredite. Ele afirmou que jogaria na Espanha, em um grande clube.

— Que aspiração! – suspirei em jeito de brincadeira.

— Você está estudando espanhol? Está cuidando da saúde, alimentação? Tem sido aluno dedicado nas aulas de Educação Física? A cada pergunta minha, meu aluno abaixava mais a cabeça.

— Puxa, você pegou pesado, mas era preciso.

— Então aproveitei para encorajá-lo a não desistir do seu sonho, a lutar com unhas e dentes para a sua realização; mas que não desanimasse dos estudos, pois são os que garantem a concretização de nossos projetos futuros. Eu falei para toda a turma que sonhar é muito bom, mas muitas vezes ficamos dependentes de terceiros, do acaso, da sorte. Estudar é bem diferente, pois depende quase que totalmente de nós mesmos para alcançarmos o nosso objetivo, os nossos sonhos.

— E ele? – Perguntei, louca pela resposta.

— No início, ficou me olhando meio sem graça. Depois, abriu um sorriso de concordância e ainda disse: "valeu, professora". Aquilo me fez um bem danado... Depois, uma aluna levantou a mão e disse que desejava ser uma médica, uma pediatra.

— Sua reação? – perguntei.

— Fiz um belo elogio pela escolha e lhe perguntei sobre o motivo de tão nobre desejo. Ela me disse que achava o nome "pediatra" lindo. Claro, a turma achou graça. Eu a aconselhei, então, a se dedicar mais aos estudos, porque a preparação começava pelo bom rendimento na escola. Perguntei também se gostava de ciências, especialmente estudar o corpo humano; se adorava crianças... Ela mexeu com a cabeça, mudando de direção para cima e para baixo, em sinal de sim, bastante convincente. Respondi com a mesma expressão. Notei que a turma gostou da aula.

— Agora entendo o brilho nos teus olhos! – exclamei.

— Farei a mesma pesquisa nas outras turmas.

— Depois me conta – eu pedi.

— Faço questão!

Fomos até o cafezinho e, por sorte, ainda havia algumas gotas para nós duas. Este líquido dos deuses é o combustível dos professores. Então, minha nova colega de fé me fez prometer outras conversas.

∿

Raquel conseguira uma carona para voltar. Então, pude seguir sozinha e em silêncio para a minha Águas Claras, meu principado, conforme adorava nomear. Para driblar a monotonia dos minutos do percurso até minha casa e das eternas retas de Brasília, comecei a me lembrar da experiência maravilhosa que tive, quando realizei uma leitura coletiva do romance Uma História de Amor, do nosso maravilhoso escritor Carlos Heitor Cony, com os meus alunos. Fiquei espantada com o interesse despertado. Nunca havia conseguido tamanha atenção em sala. Percebi que o amor de Henrique por Helena e a luta dele para superar as mais desafiadoras adversidades que um garoto pobre tinha de passar despertaram a garotada. Ficou bastante evidente que muitos dos alunos sentiram o que sentiu Henrique na situação de certa forma parecida com a vivenciada por eles. Daí a empatia e o calor nos debates. Quando voltei aos textos de Matemática no quadro branco, realizei novamente a experiência da leitura coletiva. "Raquel, aguarde-me!" – falei sozinha.

Nossa residência no Lago Norte de Brasília era grandiosa, muito conservada, linda mesmo, e meus pais viviam num estilo de hospitalidade e demonstração de classe do mesmo nível. Adoravam receber visitas, especialmente dos amigos de longa data; sejam amigos de um, do outro ou em comum. Quando eram dos filhos, costumavam manter o mesmo padrão de hospitalidade, porém mantendo certa distância, como devia ser. Papai era o contador de histórias. Adorava falar de J.K., de como o presidente era querido por todos, mas também falava muito de Unaí, da Fazenda Aldeia e da importância dos nossos amigos que, segundo ele, acrescentavam encanto à sua vida e à vida de mamãe, cuja vaidade era tratar pessoalmente da beleza da mesa e dos cuidados com a casa. Sempre apertava as mãos das visitas afetuosamente, demonstrando enorme prazer em recebê-las. A nova vida em um apartamento em Águas Claras clamava por casa cheia, barulhos alegres, comes e bebes e conversas, muitas conversas. Mamãe se sentia incomodada com essas ausências e o encontro dos amigos para uma partida completa de dominó mexicano veio a calhar.

Tudo havia sido pensado para tornar tranquilo e alegre aquele momento. Muito menos de jogo, muito mais de confraternização. Catarina, que infelizmente não pôde comparecer, havia dado a sugestão de que cada participante levasse conhecimentos sobre determinado estado brasileiro e trouxesse um prato típico local. Fiquei responsável pelo Pará e, apesar de ter apanhado um pouco, consegui preparar um pato no tucupi. Fui salva por uma amiga de Santarém. Discorri sobre a importância da Floresta Amazônica. Após todas as bocas ficarem saciadas com tantas delícias brasileiras e as cabeças pensantes com mais conhecimentos, mamãe declarou aberta a tão esperada partida. Saulo, querendo fazer graça, se declarou o ganhador e o preço foi ser motivo de alegres zombarias e um carinhoso beliscão dado por mim. Presentes, além dos de casa, Marta, Roberto e os vizinhos de condomínio Marivone e Romualdo – casal que desejava conhecer o jogo.

Ninguém percebera as ausências de Celeste e Milena, quase certo porque a algazarra causara as distrações, até que mamãe deu o alerta. Não demorou muito e elas apareceram. Celeste explicou que estava relembrando as regras do jogo e as melhores estratégias com a filha. Desculpou-se por não ter preparado nada em relação ao estado de Sergipe e pediu compreensão. Os sorrisos e alguns simpáticos meneios de cabeça indicaram que estava tudo certo. Passados apenas alguns segundos do início do jogo e as brincadeiras e gozações se tornaram inevitáveis. Romualdo, quando percebeu que teria muita dificuldade com as regras, preferiu fazer companhia a Geraldo. Ficaram trocando ideias, apreciando queijos e sorvendo vinho chileno na mesma sala. O jogo prosseguiu com oito jogadores e, logo no início da quarta rodada, Saulo levantou-se da cadeira e seus olhos arregalaram-se. Todos pensaram ser mais uma caçoada. Infelizmente não foi. O reinante estado de espírito de alegria e confraternização foi quebrado de forma muito triste. Saulo afirmou categoricamente e quase aos gritos que Celeste estava roubando no jogo. Ele percebera que a irmã colocara a mão dentro da camiseta e a recolocara rapidamente sobre as peças do jogo na mesa. Para meu irmão, as palavras de Celeste nunca tinham peso e de nada adiantou a explicação dada por ela, de que apenas foi aliviar uma inesperada coceira na barriga. Nesta hora, sempre aparece um anjo da guarda e Geraldo realizou o papel. Convidou Saulo para se juntar à dupla do vinho e queijos. Ele ficou um tempo parado, olhos perdidos, um certo ar de arrependimento. Depois, foi ter com os dois. O planejado jogo no apartamento de mamãe, sugerido por Marta, tomou diferente rumo do que eu esperava. Mas prosseguiu, mesmo sem a mesma cor. Para completar a história, alguém conseguiu ouvir a campainha tocar; era dona Lourdes. De certa forma, fiquei até agradecida, pois ela acabou acrescentando mais risadas ao grupo, mesmo que mais contidas.

"Qual a lição que ficou?", perguntei para mim mesma, assim que os amigos se retiraram. "Saulo não consegue reprimir seus sentimentos", foi minha resposta imediata. Mas sabia que não era somente isso. Teria sido a velha questão da carta? Ou algo mais? Sempre tive Saulo em alta estima, mas daquela vez ele passou de todos os limites razoáveis. Não havia mais dúvida de que ele não conseguia controlar seus sentimentos e explosões, sempre em exagerada efusão. Foi insensível até quando viu o rubor que cobriu o rosto de Celeste, de tanta vergonha que ela sentiu naquela hora. "Precisamos conversar muito... Meu irmão pede socorro", continuei pensando. Apenas acrescentei que o momento para uma fala muito séria não seria aquele, pois certamente se revelaria custoso fazer-me ouvir por ele. Acabei participando da saideira com meu marido e Saulo que se recolheu ao silêncio e foi dormir; eu e Geraldo apertamos mamãe com abraços e fomos embora. Não pude deixar de ficar imaginando, durante o percurso de volta para casa, como falar com Saulo, como quebrar a parte mais interna e dura do gelo.

"Olá, amiga querida, estou pensando num delicioso piquenique no Parque Águas Claras que você ama tanto. Nada como um encontro para celebrar a amizade entre nossas famílias! Que tal?!"

Quando recebi a mensagem de Catarina pelo celular, lembrei que havia passado uma semana desde o jogo de dominó no apartamento de mamãe, e que eu não tivera contato importante com quase ninguém. Nesse intervalo de tempo, passava as noites me revirando na cama; tudo por causa daquele momento desagradável causado pelo meu irmão. Para arejar a cabeça, nada como um piquenique no meio da natureza.

Ao lado de uma frondosa mangueira, montamos nosso piquenique. Nas redondezas, exemplares de ipês, ingás e outras árvores maravilhosas. A mesa posta de uma forma mais despojada, com fartura de lanches leves, frutas e bebidas naturais, assanhava nossa vontade de umas beliscadas, enquanto as toalhas de mesa xadrez piquenique estendidas no gramado garantiam o conforto e ar romântico. A visão dos altos prédios de Águas

Claras ao fundo, atrás da mata ciliar, completava a paisagem que enchia nossos olhos. Estávamos num ambiente convidativo para respirar ar puro, receber raios de sol, conversar muito, brindar a vida e dar um *up* nas amizades. Mamãe, dona Lourdes, Saulo, Maurício, Milena, Catarina e, surpresa muito agradável, Heraldo – marido de Catarina, que trouxe violão e gaita – marcaram presença. Geraldo ficou de vir um pouco mais tarde e Celeste tinha compromisso.

— Vamos iniciar os trabalhos! – disse eu em tom de brincadeira – O que acham de ouvirmos uma bela música do nosso amigo, para começo de conversa?

A palavra "aprovado" saiu das bocas praticamente ao mesmo tempo, com exceção de Milena e Maurício, que já estavam isolados na sombra de uma árvore ao lado. Ele acessando as redes sociais; ela acessando as redes sociais; ambos sem olhos para ninguém. Virando-me para Heraldo, vi que ele riu, concordou com minha sugestão e comentou que não era compositor, mas bem que gostaria de ser.

Quando ouvi o belo timbre de voz e o som produzido pelo violão, provocado pelos dedos ágeis do marido de Catarina na interpretação de um sucesso da MPB, não resisti e deixei meu corpo repousar sobre a toalha no chão. Fechei os olhos e deixei minha imaginação viajar com o suave fundo musical. Ao notar que o efeito daquele momento delicioso de início de primavera acabou abrindo meu pensamento para a questão de meu irmão, pretendi, mais do que nunca, aproveitar algum instante para lhe fazer um pedido de outra conversa particular. Nem tive tempo de saber de que forma, pois a interpretação musical acabara e todos nós voltamos ao mundo real.

— Não sabia que nosso amigo tinha um talento tão grande! – exclamou Saulo.

— Que nada, bondade sua! – replicou o doutor Heraldo.

— Depois, quero ouvir a gaita! – exclamou dona Lourdes naquele tom que nos deixa em dúvida se o pedido era realmente um desejo ou se serviria apenas para aumentar depois sua coleção de fofocas.

O TESOURO DE NICOLAU

Concluí que eu fora muito rigorosa na impressão e pedi mentalmente desculpa. Dona Lourdes, apesar de suas tiradas de efeito humorístico, anedotas e compulsão para falar da vida alheia, era a nova amiga de mamãe. Não podia esquecer.

Catarina tomou a palavra:

— Sou suspeita para falar, mas o talento musical de meu marido é considerável. Muitas vezes, ele fica interpretando maravilhas no escritório e eu fico ouvindo, imaginando coisas boas no sofá da sala. Agora, temos meu amor aqui conosco. Ele e seu violão.

— O que é isso, meu anjo?! – suspirou Heraldo.

A demonstração de simpatia e expressão de carinho que demonstrou o casal foram inspiradores. Doutor Heraldo, médico, fez residência em Psiquiatria, tinha cerca de 58 anos; olhar expressivo, estatura mediana, cabelos levemente ondulados, castanho-escuros, penteados para trás. Homem de natureza sensível e modos sempre com expressões amigáveis. Com Catarina, clássica, formava um casal inspirador. Heraldo continuava com as preciosidades brasileiras e internacionais. Depois de mostrar seu talento também na gaita, com trinados e bends inundando os ares com aquele som característico, deliciando os nossos ouvidos, resolveu falar:

— Vamos dar um tempinho nas músicas. Já atendi ao pedido de dona Lourdes.

O protesto foi geral, mas não adiantou.

— Vivo dando plantões e fico quase sempre de fora de momentos agradáveis como este – continuou ele. – Então, vamos usufruir desta beleza de parque e bater aquele papo. Vamos ouvir as músicas da natureza!

— Apoiado! – disse eu, festiva.

Aproveitei para chamar meus sobrinhos. Deram de ombro. Desisti.

— Puts, não adianta, Maria Helena. Deixe para lá – meu irmão aconselhou.

71

Uma luta mental de emergência me livrou de pensamentos de revolta. O momento era muito especial e acabei oferecendo um sorriso de boas-vindas para os bate-papos.

— Doutor Heraldo, que bela surpresa a sua presença! A gente se vê quase sempre na correria e agora você aqui, à nossa disposição.

— Também estou feliz por estar aqui, Maria Helena! Agora, por favor, vamos esquecer o "doutor Heraldo". Você sabe que na intimidade familiar e dos amigos, todo mundo me chama de Dô. Bom dia, Dô! Vamos, Dô! – exclamou ele, em gostoso tom de brincadeira. – Doutor virou Dô. E gostei!

— Está certo – concordei.

Um silêncio de alguns segundos ofereceu a oportunidade de buscarmos palavras de conversa. Saulo tratou de quebrar a pausa.

— Uai, a Celeste? ... desmazelada até para cumprir horário.

Não achei graça no tom empregado pelo meu irmão e lhe ofereci uma cara de desgosto. Ele percebeu a indelicadeza e foi logo corrigindo, emendando a conversa.

— Desculpem-me, não era bem o que eu queria dizer... E nem é momento para críticas pessoais. Perdão.

— Compreendemos, Saulo – disse com suavidade Catarina –, você se preocupa muito com Celeste, todos sabem.

— Obrigado, dona Catarina.

— Celeste está ocupada– disse mamãe – e não pode estar presente. Deixou Milena e Maurício sob nossos cuidados. Vamos agradecer pelo alimento – mudou mamãe o rumo da conversa – e aproveitar cada quitute!

Ela mesma fez a oração de agradecimento a Deus e, seguindo, rezamos o Pai-Nosso e a Ave-Maria.

— Atacar, fogo! – brincou dona Lourdes.

— Vamos comer! – falei alto para chamar a atenção de meus sobrinhos.

Nenhum sinal de interesse veio daquelas duas alminhas queridas.

"Se é assim, não estou nem aí", pensei e sorri intimamente.

Alguns minutos se passaram e cada um se ajeitou da melhor maneira. Uma pausa me permitiu ficar apreciando a natureza explodindo em cores. Como desejei ver Águas Claras rodeada de mais parques. Nem deu tempo de me envolver mais nesse assunto, pois logo percebi dona Lourdes admirando o casal amigo. Apostei que ela abriria a nova rodada de conversas. Ganhei.

— Estou imaginando como dona Catarina e seu esposo se conheceram... Aposto que foi numa dessas consultas numa clínica! – provocou.

Catarina e Heraldo demoraram um pouco para digerirem aquela fala. O marido acabou tomando a palavra em resposta.

— Senhora Lourdes, matarei sua curiosidade; isso é, se minha amada esposa não se importar – disse, olhando para Catarina.

Minha amiga disse "sim" com um movimento da cabeça, oferecendo um sorriso preguiçoso.

— Então – continuou Heraldo –, acredito que foi a mão de Deus encaminhando nosso destino. Estava desmaiado na cama, debaixo das cobertas. De repente, senti que alguém puxara o meu pé. Nem quis abrir os olhos, apostando que era meu irmão gaiato. Mas quando me foram tiradas as cobertas, aí tive de reagir. Dei umas pernadas para cima em sinal de desaprovação. Meu amigo Felipe caiu na risada e foi logo me mandando levantar. Foi logo dizendo que o baile na Comercial de Taguatinga nos aguardava, que o salão improvisado como boate estava animado e o conjunto dos nossos amigos de escola era responsável pelo som. O vocalista havia solicitado com veemência a minha presença. Fiz mil objeções, mas não adiantou. Fomos ao bailinho improvisado, digamos assim.

— Já estou até imaginando – suspirou dona Lourdes.

— Os primeiros acordes de uma música romântica foram suficientes para assanhar meu desejo de dançar. Lancei olhares esperançosos pelo salão. Quando meus olhos repousaram numa linda figura de menina, não apresentei dúvidas. Por obra divina, ela aceitou me acompanhar naquele número de dança que selaria nossos destinos.

— Meu amor, como você guarda todos esses detalhes? – perguntou Catarina, com voz sonhadora.

Heraldo respondeu com uma risadinha gostosa. E continuou:

— Aquelas danças de rostinhos colados ... que maravilha! Quando senti nossos corações batendo com mais força, não tive dúvida; fui logo me apresentando, procurei saber o nome da garota e se podíamos continuar a conversa.

O silêncio e bocas abertas indicavam que desejávamos saber sobre o fim de tudo aquilo.

— Bem – continuou ele –, não precisa nem dizer que era Catarina. Ela me deu o endereço e naquela noite nem consegui dormir direito, tamanha a vontade de encontrá-la novamente. Coloquei a roupa que me ficou melhor e dei um belo tapa no cabelo. Fui recebido com muito carinho e as palavras de seu irmão: "É mais um da família", acredito que tenha dado a Catarina a segurança e tranquilidade para o início de nossa história de amor. O resto, bem, aqui estamos nós!

Olhei para Catarina e fingi uma cara de brava.

— Por que a senhorita não me contou?!

— Sobre o quê?! – perguntou minha amiga, seu tom delatando uma surpresa de brincadeira.

Completei dizendo que sabia daquela história pela metade, sob o ponto de vista de Catarina e que daquele momento em diante saberia também sobre o lado de Heraldo. Minha admiração pelo casal estava completa e mostrei minha satisfação. Mamãe também apresentou uma expressão de alegria. Afinal, tinha Catarina como uma filha e Heraldo como um grande homem.

— Agora me lembro do dia em que Catarina foi dormir lá em casa, como fazia com frequência. Já era noite quando sua prima ligou, convidando-a para sair. Foi a noite em que os dois se conheceram, agora me lembrei... Realmente a mão de Deus, como disse Heraldo. Catarina somente aceitou o convite depois de minha piscadinha de tudo bem – falou mamãe, dando risada.

A conversa teve outra pausa quando Geraldo chegou de repente. Estava realmente com cara de piquenique, com seu boné, camiseta branca, tênis preto, meias brancas e short azul, uma combinação bem tropical. Cumprimentou a todos com a mão e com sorrisos.

— Que bom que chegou, meu amor!

— Demorei, mas aqui estou! A propósito, sobrou lanche para mim? – perguntou fingindo não ter percebido a mesa cheia. – Estou vendo olhares admirados. Adivinhei; é por causa de minha presença!

Foi a primeira risada coletiva.

— Não, não – apressou-se a dizer dona Lourdes –, você perdeu o sol, rodadas de boas conversas e uma bela história de amor.

— Meu Deus! Realmente, cadê o sol? Pelo jeito das nuvens escuras, teremos chuva. Que venham! Os reservatórios estão em estado de calamidade.

Nada mais de importante aconteceu a partir da chegada de Geraldo. Os assuntos passaram a girar em torno de futebol, filmes e amenidades. Heraldo, a pedidos, tocou mais algumas músicas inspiradoras. A formação de nuvens pesadas sobre nossas cabeças serviu para aumentar a urgência de uma rápida caminhada que seria protagonizada apenas por dona Lourdes e mamãe. Heraldo levou as mãos aos cabelos de Catarina, de forma carinhosa e até, diria, curiosa, para alertá-la de que já estava na hora de eles irem embora. Finalmente Milena e Maurício deram as caras, pedindo refri e sanduíche. Então, já prevendo o término do piquenique, olhei para Saulo com o cuidado de irmã mais velha e, aproveitando o momento, sugeri baixinho uma nova rodada de conversa, somente nós dois. Ele, parecendo adivinhar que o assunto a ser tratado seria bastante sério, ofereceu-me um olhar amarelo. E surpreendeu: "Que tal nesta semana, numa mesa de barzinho? "Fiz que sim.

9

preocupação atiçava o desejo de ajudar meu irmão e eu deixava-me estar à janela de meu quarto por vários instantes, sempre que perdia o sono. Quem sabe as respostas estariam nas estrelas. A situação ficou mais assim pós-piquenique. Então, aproveitava para refletir sobre Saulo e quais as melhores palavras para uma boa e reveladora conversa com ele. O momento tão esperado ocorreu na sexta-feira da semana combinada e acabamos dispensando o barzinho. Geraldo fora dar uma palestra em Goiânia e pude receber meu irmão com mais tranquilidade.

Cumprimentamo-nos alegremente e fomos até a sala de estar, onde já estava preparada uma mesinha com tira-gostos. As cervejinhas bem ao lado, acomodadas numa caixa térmica.

— Perfeito, irmã!

— Obrigada!

As primeiras conversas foram de amenidades, mas haveria de chegar o momento de tocar em feridas. Coube a mim trazer o espinhoso assunto à baila. Fui direta:

— Precisamos falar sobre você.

Saulo ficou pálido na hora. Durou alguns segundos e a cor foi voltando ao seu rosto aos poucos. Deu aquela respirada e falou:

— E eu aqui achando que só trataríamos de assuntos de *happy hour*.

— Seria muito bom, porém vamos ao ponto central de uma questão e penso que você já sabe do que se trata. Irmão meu, tenha autocontrole e não seja refém de seus impulsos. Presenciei várias situações de explosão, totalmente evitáveis. Todas direcionados para nossa irmã.

— Celeste...

— Por que esta cara, Saulo? A questão sua em relação a Celeste já ultrapassou todos os limites toleráveis. Pense na mamãe, em mim, em todos...

— Alguém aí pensou na minha tristeza por ter perdido Angélica? Pensou na chateação pelo fracasso do meu casamento com Rita? Tudo bem que minha ex-esposa mostrou depois seu lado B, insuportável, mas separação é separação e deixa marcas nada agradáveis. Aquela fingida... Veja como um simples bilhetinho fez estragos na minha vida. Para dizer a verdade, depois disso tudo tenho dificuldades em manter um relacionamento amoroso estável, sem medos do fracasso ou coisas assim. Ando pulando de mulher em mulher. Pensa que eu não desejo um casamento sem sobressaltos, ter filhos? De quem é a culpa? Posso jurar que só pode ser de minha querida irmãzinha.

— Por Deus, pela alma de papai, pela mamãe, por tudo nesse mundo, pare com isso, Saulo! Dê uma chance para você mesmo! Isso vai lhe fazer muito bem. Pare de se remoer, livre-se desse sentimento obsessivo. Vida nova, meu irmão!

Pela primeira vez na vida vi uma lágrima no rosto de Saulo. Ele tentou disfarçar, mas foi em vão. Depois de um silêncio dolorido, ele encheu os pulmões de ar e pareceu estar disposto a abrir seu coração.

— Minha irmã, o que vou falar é muito difícil para mim. Minha alma precisa se libertar de um sentimento reprimido. E não há no mundo pessoa melhor do que você para me ajudar, para eu poder desabafar e falar a verdade – disse Saulo, olhando para mim de forma direta e decidida, como jamais acontecera.

Claro que fiquei sem palavras por alguns segundos. Depois consegui me expressar.

— Saulo, será muito bom ouvir o que tem a dizer e estou ao seu dispor.

Ele encheu nossos copos, levantou a cabeça e fechou os olhos com força, como se buscasse palavras. Finalmente conseguiu a coragem de que tanto precisava.

— Bom... Preciso voltar no tempo. Tinha, acho eu, uns dez ou onze anos no máximo. Eu e meus amigos adorávamos brincar num jardim e as brincadeiras e alegrias da infância davam o tom sempre. O sentimento de confiança de uns nos outros era como se sagrado para toda a turma. Um conhecido em comum apareceu do nada e me chamou a um canto, em particular. Seu nome era Zé Beto ou Bebeto, coisa assim. Ele me disse que Chico Satã queria me ver, que tinha algo para me mostrar ou falar. Acompanhei o rapaz até um local escondido pela fraca iluminação. Ele informou que Satã estava no terreno ao lado, por sinal cheio de bananeiras e que tínhamos de pular o muro. Assim fizemos. Para a molecada daqueles tempos, pular muro era café pequeno. Assim que pulei em cima daquele paredão, uma mão me puxou para dentro. De repente eu me vi cercado por duas pessoas bem maiores do que eu, muito mais fortes. Meu mundo desabou naquele instante. Eles me seguraram e tentaram arrancar minhas roupas. Minha agilidade, força e desespero acabaram por impedir parcialmente tal intento. Lutei bravamente até que senti que me deixaram de lado. O monstro pedófilo mostrou que sua necessidade física fora satisfeita ao vento. Na parte de trás das minhas pernas pude sentir um pouquinho do líquido pastoso responsável pelo alívio diabólico daquele ser abominável. Então, como um gato, saltei para a rua e saí correndo, como nunca corri na vida. Chegando em casa, refugiei-me no quarto e em soluços aprendi duramente que nem todas as pessoas são boas.

Fiquei pasma. Ele continuou:

— Há coisas na vida que não terminam onde terminaram. Parece loucura e sem sentido dizer assim. Meu corpo por pouco não fora invadido e minha alma sofreu o pior dos abalos. Não se pode fazer isso com ninguém e jamais com uma criança.

Consegui falar depois de respirar fundo.

— Nossa! – dei um tempinho. – E depois, como você ficou?

— Murchei. Perdi a força e os sonhos da infância. E o pior é que você passa a ter um terrível sentimento de culpa, sem ter culpa. Minhas referências de amor e segurança ficaram restritas à nossa família, ao papai principalmente.

— E seus amigos?

— Também. Eles não tiveram nenhuma culpa, claro. Continuei a brincar como nunca com eles em toda parte. Enlouqueceria se tivesse optado pelo isolamento.

— Ainda bem e que ótimo! – exclamei.

— Naqueles dias comecei a mijar na cama e só fui me livrar disso anos depois, lá pelos meus quinze ou dezesseis anos, mais ou menos. Era muito triste amanhecer urinado e aguentar as gozações de todos. Também não suportava cenas de filmes com algum tipo de abuso, compreende? Mas ocorria algo muito pior: passei a ter um pavoroso pesadelo, recorrente, no qual eu era perseguido pela polícia. Tinha me tornado um fugitivo. O sentimento era de que eu matara o pedófilo monstruoso e a polícia corria atrás de mim. Somente anos depois e com muito, diria, autocontrole ou autoterapia, sei lá, consegui eliminar esses sonhos indesejáveis.

— Graças a Deus!

— Outra questão é que desde então, passei a não suportar pessoas que fazem coisas erradas. Fiquei com sentimento de culpa também por não o denunciar. Imaginava – e ainda penso – que isso poderia impedir que destruísse a inocência e os sonhos de muitas outras crianças. Isso é o que dói mais... Imagine, irmã, a tragédia causada em crianças que são abusadas constantemente... Trauma eterno, na certa. Alminha pesada...

— O seu caso se resumiu numa tentativa – disse, tentando uma espécie de consolo. – E hoje, como se sente?

— Totalmente curado daquele trauma terrível. Porém, ainda penso que poderia ter feito uma grave denúncia para impedir que aquele ser anormal continuasse nos seus crimes sexuais, abusando de meninos. Optei pelo silêncio, pela autocura. E com orações. Não sei se tudo isso foi por covardia ou algo assim... Hoje compreendo que era o medo de não ser levado a sério e ainda ter de ouvir coisas, entende? O duro é não saber se aquela pessoa ainda destrói vidas...

— Entendo, mas nunca, nunca covardia! Jamais! Você era uma criança, Saulo. Mas tudo agora é passado – disse essas palavras ao mesmo tempo em que fiquei com uma pulga atrás da orelha. – Porém, veio-me agora à cabeça que ficou uma séria questão a ser resolvida.

Saulo levantou mais a cabeça, intrigado.

— Qual questão?

— A das coisas erradas. Isso pode explicar sua raiva de Celeste na questão das cartinhas. Para você, foi mesmo nossa irmã que fez tudo aquilo. Daí não consegue se livrar desse pensamento que tomou conta de você. De não suportar falsidade, mentiras, covardia, como aquele seu conhecido que tramou o encontro fatídico que tanto marcou sua vida. Espero que eu esteja certa...

Ele olhou para o teto da sala por alguns segundos; depois para mim.

— Parece que sim... Que é isso mesmo...

Meu coração se encheu de esperança com a resposta dele, da expressão que me ofereceu. Minhas palavras ganharam mais vida:

— Quero que você me prometa agora que vai repensar sobre a sua questão com Celeste. Não aceitarei um não.

Saulo abaixou a cabeça e deu a si alguns segundos para pensar.

— Prometo, Maria Helena, prometo que farei o possível.

— Você sabe que pode contar comigo, não?!

— Claro que sei. E estou sentindo um alívio inacreditável. Vamos falar agora de coisas boas. Hoje é sexta-feira!

~∧∧~

Não teve preço a alegria de ver a mudança no estado de espírito do meu irmão querido. Demo-nos o direito às amenidades e às palavras de *happy hour* a partir dali. Parecia que Saulo se livrara de um peso de elefante na alma e isso me deixou também leve. Conversamos e rimos muito. Ele deu um sorrisão, como nunca eu havia visto. Para completar, resolveu que, naquela noite, dormiria na minha casa. Felicidade.

10

Passaram-se alguns dias e nenhum sinal de mudança definitiva no coração de Saulo. Nenhuma palavra lhe saíra da boca para falar de Celeste. Uma cobrança minha poderia estragar tudo. Recorri à ajuda de Raquel em busca de alguma sugestão. Decorei uma pergunta comprida e aproveitei um momento livre na escola para expressá-la:

— Professora, o que você diria a uma pessoa que está disposta a resolver uma questão pendente e grave com outra e simplesmente não sabe como iniciar a conversa? Essa outra é a irmã dele.

Minha colega ofereceu um sorriso contido, coçou a cabeça e sua expressão indicava que na sua mente não surgira nenhuma ideia aproveitável a respeito.

— Ai, amiga, agora você me pegou direitinho – disse ela, com uma curta pausa seguindo-se a essas palavras. – Se a questão é muito séria, então acho que realmente não será fácil para ele. Talvez, o problema esteja na falta de coragem... Realmente não sei, desculpe-me, por favor, Maria Helena. Estou com a cabeça na lua, precisando também de coragem e sabedoria.

Notei na hora que minha colega estava estressada. Resolvi poupá-la.

83

No dia seguinte, convidei Catarina para um vinho; de Mendoza, diga-se de passagem. O ar de importância que se tornou a mais nova demanda por meu irmão provocara em mim a necessidade da opinião da minha amiga e confidente, sempre disposta a atender aos meus chamados. A lua brilhando como nunca no céu convidava para aquele bate-papo no próprio quintal. Mesa com queijos e uma garrafa da bebida das deusas à disposição e o desejo premente de mais uma rodada de conversa.

— Aqui estou, Maria Helena; ou melhor, aqui estamos para mais um momento gostoso de queijos, vinho e conversas!

— Obrigada por ter vindo! Estamos prontas para mais uma bebericagem com sabor e classe! – disse eu, empolgada. – Apenas precisarei de um momento para tratarmos de uma velha questão. Você adivinha qual?

Catarina lançou olhares sobre mim, como quem sabia com quase certeza do assunto a tratar.

— Tenho duas opções, mas fico com o problema entre Saulo e Celeste.

— Sim, as cartinhas. Qual seria a outra opção? – perguntei, curiosa.

— O mais provável seria o comportamento de seus sobrinhos – respondeu ela.

— Sobre Saulo. Na verdade, sobre um fio de esperança que não pode se romper por nada nesse mundo de Deus. Você acertou na mosca.

— Ao primeiro brinde e vamos logo ao que interessa – exclamou Catarina, com seu espírito prático.

O barulhinho das taças tocando-se pareceu dar vida ao ambiente silencioso e solitário ao redor. A impressão encheu meus pensamentos críticos sobre as pessoas que deixam de viver para se enfurnar em suas casas, grudadas na T.V. e nas redes sociais. Deu vontade de gritar "venham todos para a vida!". Porém sabia que o encontro era particular. Então, apenas esbocei um sorriso. Catarina não notara nada, pois apreciava as flores oferecendo um ar de beleza e mistério ao luar. Em segundos, ela saiu do estado de encantamento e eu fui direto ao assunto:

— Saulo me deu a entender que estaria disposto a conversar com Celeste sobre o velho problema. Isso foi um milagre. Pela primeira vez ele não ficou com aquele aspecto carregado. A questão é que ele não ofereceu sinal de que cumpriria a promessa. Disse apenas que faria o possível. Penso no que seria "o possível" para ele. Mudou de assunto assim que eu lhe disse que podia contar comigo. Achei melhor não insistir...

— Cada coisa no seu lugar e tempo.

— O que vai falar? Morro de medo de ele estragar tudo, se não souber medir as palavras – eu disse.

— De cara, penso que você está sofrendo por antecipação. Não projete coisas negativas para o amanhã, minha amiga. Quer saber mesmo? – indagou Catarina com um tom direito, certeiro. – Saulo precisa antes de qualquer coisa exercer o perdão. Perdoar Celeste, mesmo se a sua cabeça continuar insistindo que sua irmã tenha feito aquilo. Com o perdão, esse sentimento vai desaparecendo com o vento e ele encerrará o ódio que sente. Alívio para sua alma.

Seguiu-se uma pequena pausa, logo quebrada por mim.

— Sem sombra de dúvida! Mas como colocar essa palavra mágica na cabeça teimosa de meu irmão? – perguntei, ainda insistindo no tom de lamento. – E ele, vai colocar em prática? Para Saulo, a irmã deve confessar o crime e pedir perdão.

Fiquei observando o céu por alguns segundos, pois a lua estava irresistível. Respirei fundo.

— Incrível, parece tão fácil na superfície, mas a questão está no fundo do oceano – disse eu, continuando. – Ele precisa de um empurrão bem dado, literalmente, daqueles que joga a cara do cara no chão. Pensamento doido esse meu... – ri. –Alguma coisa passa pela sua cabeça, minha amiga?

Ela continuou quieta por cinco segundos. Ofereceu-me uma risadinha educada e mostrou um olhar brilhante. Desconfiei que sairia dali uma boa sugestão.

— Vamos lá. Como seu receio é o de ele colocar tudo a perder, então vamos com prudência. O importante será Saulo não se sentir pressionado. Penso que a primeira coisa a fazer é acreditar que em algum momento seu irmão vai cumprir o que prometeu e falar com Celeste. Dê tempo ao tempo. Caso isso não ocorra em breve, vamos para um plano B. Quem sabe, propor um encontro a três, incluindo você, lógico, para uma rodada de pizza. Lugar calmo, aconchegante. Fique na sua... Bico calado. Deixe a coisa fluir naturalmente e a decisão de tocar no assunto ser de Saulinho.

— Fico imaginando... Será que mamãe poderia ajudar?

— Não, não e não! – Catarina exclamou com força.

Nem precisei retrucar com um belo sim, sim e sim! Apenas lancei um olhar de concordância e ergui a taça para mais um brinde.

— E se não funcionar? – inquiri.

— Plano C.

<hr />

Depois que minha mão direita acenou tchau para o carro de Catarina ganhando a avenida, resolvi deixar meu corpo afundado no sofá. Desejava mais alguns minutos de reflexão. A primeira coisa que me veio à cabeça foi: "Maria Helena, pare de sofrer pelos outros". Não adiantou a autossugestão, pois logo iniciei uma sequência de pensamentos sobre as necessidades dos meus amados. As de Saulo no topo. Demorou fazer-me ouvir por ele e não desejei que o diálogo se encerrasse naquela altura.

11

ada de o meu irmão tocar na ferida. Calculei que estava na hora da segunda opção. A quem convidar primeiro? Eis a questão que me veio à cabeça. Escolhi Celeste.

— Irmã, que tal uma rodada de pizza?! Suculenta, recheada! Quem convida, paga, você sabe.

Celeste deu uma gostosa risada por causa do meu jeito exagerado.

— Quem poderá dispensar um convite desses?! – exclamou ela, perguntando.

— Algum problema se eu convidar Saulo? – fui direta.

O sumiço repentino do sangue no rosto de Celeste começou a pesar sobre mim. Felizmente, após alguns segundos, sua tez voltou ao normal. O rosto novamente corado da minha irmã foi um alívio.

— Nenhum. Vai ser muito bom...

— Maravilha! Informo daqui a pouco o local e a hora – prometi.

— Irmão, que tal uma rodada de pizza?! – segurei-me para não rir da minha intenção de fazer o convite com as mesmas palavras que usei para convidar Celeste.

Nem foi possível continuar.

— Você está de brincadeira! Pizza? – adiantou ele. – Todos os dias eu na nossa pizzaria e sentindo o mesmo cheiro que para mim se tornou enjoativo.

— Calma, calma! Não será na nossa. Será num ambiente onde as paredes não escutam. Ah, e você poderá pedir um prato diferente. E tem mais: Celeste vai também.

— Como recusar um convite seu, Maria Helena? É só marcar.

— Amanhã, Águas Claras. Confirmo antes.

No dia seguinte, estávamos juntinhos na melhor pizzaria da cidade. "Bico calado", lembrei-me das palavras de Catarina para que eu deixasse a coisa fluir naturalmente. Escolhemos a mesa mais afastada do murmurinho, com a iluminação mais fraca ao redor e a mais longe possível da música ao vivo. Perfeito para uma boa prosa e para apreciar as delícias da casa. Uma cervejinha pegou muito bem para começar. As delícias do primeiro gole despertaram o melhor lado de Saulo.

— Por incrível que pareça, o cheirinho de pizza está assanhando minha barriga vazia – brincou ele, com um bonito sorriso nos lábios.

— Ah, enjoativo! Era pura brincadeira, não era, meu irmão danado? Essa loirinha gelada provocou um gostoso efeito!

Saulo voltou a sorrir. Celeste ofereceu um meio amarelo. Pensei que isso dera força para que ele conseguisse tocar de forma carinhosa os cabelos da irmã. A maneira como ele fez aproximou-se do estilo de papai. Meu coração ficou cheio de esperança.

— Celeste, anime-se! – exclamou Saulo.

Os olhos de minha irmã brilharam. Manifestação de carinho assim era comum antes das cartinhas. Tive vontade de dizer em alto e bom som para que ela não se comportasse mais como a vítima de falsa acusação. Catarina me mataria. Celeste fez uma reverência para Saulo, sem dizer uma palavra. Foi um ótimo começo.

As conversas foram amenas e duraram uns bons minutos. Em determinado momento, Saulo interrompeu, dizendo:

— Maria Helena, eu conheço bem você. Com certeza armou este encontro para eu ficar de bem com Celeste. Eu sei... Na verdade, preciso agradecer, pois você propiciou a melhor maneira, no melhor tempo e lugar para isso. Se Celeste quiser, podemos conversar sobre nossa desavença.

Minha mana deixou escapar uma exclamação de surpresa e eu fiquei arrepiada da cabeça aos pés. Fiquei aguardando uma troca de palavras entre eles. Seguiu-se um curto silêncio com a chegada repentina do garçom com uma bandeja da apetitosa pizza à portuguesa. Um minuto depois, Saulo fez que ia reatar a conversa, mas preferiu colar os lábios. A continuidade da pausa me fez imaginar que eles precisavam de uma mãozinha. Resolvi desobedecer à amiga Catarina:

— Fale alguma coisa, irmã!

Celeste lançou-me um olhar enviesado, como se pedindo ajuda. Depois, resolveu encarar o irmão e falar:

— Estou aliviada... Só preciso que você inicie a conversa. E sei que é sobre aquelas malditas correspondências e a culpa atribuída a mim – respirou fundo. – Peço encarecidamente que na sua fala não seja incluída a acusação.

Saulo fez que concordou e eu fiquei à espera de um milagre.

— Bem... – ele respirou fundo – "Sinto muito, mas decidi terminar tudo entre nós". Por que estou citando? Porque as consequências foram muito pesadas para mim. Namoro destruído por duas cartinhas. Por causa daquilo, acabei depois caindo num relacionamento errado. Apesar de eu não estar alimentando forte sentimento por Rita, achei que poderia valer a pena tentar. Vocês sabem, casamento acabado por causa de diferenças no temperamento e personalidade. E ainda estou de mal com a vida e sei que isso tem de acabar.

O tom e a maneira respeitosa de Saulo deixaram Celeste ouvindo com muita calma. Eu fiquei na minha, torcendo como louca para um final bacana.

— Compartilhamos o seu sofrimento. O vazio deixado pelo fim daquele namoro te deixou sem olhos para mais ninguém. Mulheres eram loucas por você; pensa que todo o mundo não sabia?! E você *nem tchum*. Tempos depois, Rita entra na sua vida com força – disse Celeste. – Não sei o que falar mais do que isso...

Pairou um silêncio sobre nós como se pudéssemos pegá-lo com as mãos. Não era uma pausa nervosa, pois parecia sugerir que déssemos um tempo para reflexão. Foi o que ocorreu e Saulo foi quem a desmanchou:

— Depois da conversa que tive com você, Maria Helena, pensei muito e cheguei à conclusão de que ter a certeza de algo pode ser um perigo. Mesmo se for a tal certeza absoluta. O engano pode estar escondidinho bem ao lado. Pelo menos posso compreender isso agora. Realmente, não foi correto botar a culpa em uma pessoa, assim, de forma total. Como pude confiar cegamente na minha "certeza" – desenhou as aspas no ar – e ficar surdo totalmente para as palavras da minha irmã querida?

Celeste deixou cair uma lágrima.

— Nossa, irmão, que belas palavras! – falei empolgada.

Celeste recompôs-se e deu um sorriso tímido. Parecia não estar acreditando.

— Precisarei de força e mais um pouco de tempo – disse Saulo, olhando para o teto.

"Um balde de água fria!", pensei na hora. Dei um leve coque na minha cabeça para espantar aquela exclamação.

Quando Saulo mostrou de novo o contentamento que sentia pela irmã, já havia dois minutos que nenhum deles dizia nada. Não demorou e ele se sentou na outra cadeira para ficar mais próximo de Celeste. Apertaram-se as mãos, olhando-se com ternura e iniciaram uma conversa de alguns minutos ao pé do ouvido. A troca de palavras entre eles foi concluída no momento em que minha mana afastou seu rosto e falou em um tom mais forte. Foram as únicas palavras que eu consegui ouvir com clareza. Então, Saulo esticou seu braço esquerdo e puxou-me para o meio de um forte abraço a três.

— Alô!
— Oi, Maria Helena, que surpresa! Já me preparava para deitar.
— Querida amiga, não aguentei esperar! A novidade é forte demais!
— Conta, conta!
— Saulo e Celeste estão de boa novamente! Não tem preço.
— Detalhes! – exclamou Catarina.
— O plano B foi lindo! Pizza, meu bico calado, dentro do possível, claro – ri –, e conversa em aberto. O ambiente e o ótimo humor do meu irmão favoreceram para que tudo desse certo.
— Ótimo humor de Saulo... Isso está cheirando a um novo amor na vida dele. E, aí, o coração amoleceu. Será?!
— Não, definitivamente. Bem que poderia ser; a felicidade seria em dobro.

Uma curta pausa seguiu-se a estas palavras.
— Saulo pediu perdão? – inquiriu Catarina.
— Não deu para notar. Bem, isso só vai ocorrer quando for descoberto o autor daquela covardia, tenho certeza. O problema é que não sabemos nem por onde começar. A armação foi muito bem-feita. No finalzinho, consegui ouvir Celeste dizer as mesmas palavras que papai adorava repetir: "Homem tem de ter coragem!". Em seguida, voltaram-se para mim e fui puxada para junto deles. Fiquei no melhor lugarzinho do mundo, no meio de um aperto de braços.

— Hummm! Delícia!

— Sim!!! Vou desligar.

— Durma com Deus, Maria Helena!

— Amém para nós duas. Boa noite.

12

ui buscar mamãe para um cafezinho. Em pouco tempo estávamos no conforto do sofá da minha sala, com a praticidade da mesinha de centro e recebendo apenas o testemunho das paredes. Normalizei a respiração para iniciar uma boa conversa e fiz questão de servir a preciosa bebida nas mais lindas xicrinhas do meu armário.

— O que seria de nós sem o café quente?!

— O que seria? ... – respondeu ela com a mesma indagação. O sorriso que apresentou a seguir delatou que a resposta mais provável seria morreríamos!

Apesar da nova vida em Águas Claras, de todos os pontos positivos, sentia que minha mãe ardia por dentro; ainda. Sabia também que ela se esforçava para que o seu estado de espírito não preocupasse a família. Resolvi que puxaria o primeiro assunto que viesse à cabeça para depois introduzir aquele que me preocupava. Quentura e fumacinha subindo do bico do bule esmaltado acabaram me levando para o comentário:

— Fogão de lenha... Era assim que todos falavam no interior. Nada de fogão a lenha, como hoje em dia – meio sem pé nem cabeça, mas foi o que me veio à mente. Minha mãe achou graça.

— Sim! – disse ela, sorrindo. – Não sei o porquê de você se lembrar disso. Dava muito trabalho, mas era a alma da casa. Os momentos mais gostosos de cada dia ocorriam em volta do fogão caipira. Todos tinham um na cidade de Unaí... nas roças nem se fala. Agora você me pegou de jeito. Papai, mamãe, meus irmãos e irmãs...

— Família grande, né, mãe?

— Muito. Sinto falta da casa mais cheia. Muitos já se foram...

— Sinto a falta principalmente da vovó – disse eu, aproveitando para me aproximar do assunto principal.

Mamãe fixou os olhares no teto, parecendo buscar palavras ou lembranças. Ela rompeu a pausa não demorando muito:

— Pois é, as mortes antigamente... Tudo bem diferente – disse ela, continuando pensativa. Tinha formalidade, tradição. O aviso era dado no alto-falante da avenida. O velório em casa, junto da família e dos amigos. Tinha tempo para as despedidas, choros e luto. Sua avó se foi primeiro e seu avô não durou muito. Morreu de tristeza, como se dizia antigamente.

— A senhora era muito jovem; fico imaginando o sofrimento.

— Cada um ajudando o outro na superação da dor – disse ela. – Somente assim...

— Foi possível sobreviver, não é? – completei rapidamente para que minha mãe não desse corda para a emoção.

Ela fez que concordou, oferecendo um sorriso contido. Percebi que não era o momento para falar de papai.

— A senhora notou alguma diferença em Saulo?

— Como assim? Ah, deve ser sobre o encontro de vocês no restaurante... Quero dizer, sobre o depois do encontro. Vi seu irmão ontem à noite. Ele parecia mais alegre e até me deu um beijo antes de sair.

— Imagino. Ele não comentou nada? – inquiri.

— Não. Nada. Por que a pergunta? Aconteceu alguma coisa diferente?

Não consegui segurar um gostoso sorriso.

— Sim, mamãe! Ele ficou de bem com Celeste!

— Por que não me falou antes?!

— Porque precisava de alguma confirmação da parte dele. Quero dizer, seu comportamento nos dias seguintes. Não desejei adiantar a notícia para a senhora sem a certeza de que não tinha sido apenas um momento lindo no restaurante, entende?

Mamãe ficou pensativa por um instante.

— A melhor notícia!

— O clima vai ficar mais leve na família, com certeza – disse eu, realmente contente.

Mamãe voltou a olhar para o teto. Um olhar diferente, suave, seguido por uma expressão de contentamento. Senti que poderia avançar na conversa.

— Precisamos falar de papai.

Ela não desmanchou a expressão de alegria.

— Sim – disse, voltando-se para mim. – Falar de seu pai é falar de uma saudade que será eterna. Quanto à dor, só com o tempo mesmo.

Ficamos caladas por um breve momento. Retomei a conversa.

— Mãe, cadê a mala que papai tinha? Quando eu era criança, ele me mostrou tudo o que havia dentro dela. Não pude tocar em nada. Mesmo assim, fiquei encantada... Mala antiga de papelão, cor natural, com alça e fechadura, em perfeito estado.

— Ficava na parte de cima do guarda-roupa, bem no cantinho. Ela continua trancada, agora no meu novo guarda-roupa e com o mesmo ar de mistério. Parece mentira, mas nunca li nada do que ele escreveu. Coisas pessoais dele.

Achei graça no "ar de mistério" e feliz pela ainda existência do tesouro de papai.

Ela continuou:

— Seu pai tinha o costume de abrir a mala sobre nossa cama. Parecia que ele viajava no tempo. Nunca me convidou para a viagem; era somente ele. Gostava de limpar os objetos ali guardados com todos os cuidados. Lia e relia tudo. Passava pano. Numa ocasião, ele me disse que após morrer a família poderia decidir o que fazer com a mala.

— Papai tinha um poder de compreensão incrível. Penso que a solução por ele encontrada é a melhor, não é?

— Sim, claro! – exclamou ela. – Só não sei dizer quando. Talvez doar os objetos para o Museu Vivo da Memória Candanga. As anotações pessoais ficariam com um de vocês, mas não antes de eu partir deste mundo!

— A senhora tem toda uma bela vida pela frente! Não toque nesse assunto mais, por favor – disse eu, quase cedendo espaço para a preocupação.

— Não se preocupe, filha, viverei ainda por muito tempo. Eu estou viva e com saúde graças a você. Sair da nossa casa do Lago Norte foi a melhor coisa que nos ocorreu. Sem a sua companhia e a presença constante dos amigos naqueles dias mais difíceis, com certeza meu coração não aguentaria.

— Foi tão de repente o que aconteceu...

— A pior coisa é a morte não esperada, vamos assim dizer. Em um dia eu me alegrava com a presença do Nicolau, sua atenção, seu carinho com todos nós. No dia seguinte eu vendo seu corpo sem viva, machucado... Não se preocupe, já consigo falar sobre ele sem cair em lágrimas – disse, com o tom mostrando segurança no que estava falando.

Foi um alívio para mim. Não teve preço ouvir isso da minha amada mãe. Preferi acreditar piamente que ela se sentia daquele jeito mesmo, mais conformada e capaz de falar do assunto sem a presença do choro. Mesmo assim, resolvi conservar olhos e ouvidos sempre atentos, pois ficara sabendo que ela andava falando alto durante o sono, algo recorrente, sempre citando papai. Sem dúvida, consequência do estresse pós-traumático. Milena contou que achava graça ao ouvir de longe a voz da avó. Era o único momento da madrugada em que ela despertava para a existência de um mundo real. Senti desejo de tocar nesse assunto, porém vi que não era uma boa hora. Segui com a conversa:

— Nossa família vai se ajeitar bem melhor, eu sei. Temos outras frentes de batalha. Vamos vencer em cada uma.

— Sim – mamãe disse com mais um sorriso.

Acordei antes de Geraldo e não quis ficar rolando de um lado para o outro na cama. Levantei, fui até a sala e acheguei-me à janela. Apreciei a rua principal do condomínio estendida sob um manto púrpura típico do amanhecer em Águas Claras. A questão dos sonhos de mamãe ainda me preocupava. Um ex-colega, professor de Português, comentou certa vez, em uma de suas visitas à escola, que estava tendo sonhos também repetidos, nos quais estava sempre presente uma sala de aula lotada, alunos fazendo bagunça e ele tentando contornar a situação. Sonhos pesados e de longa duração. Segundo ele, os pesadelos começaram a ocorrer assim que se aposentou, já fazia três anos. Mamãe acrescentou o falar alto aos sonhos. No caso do professor, ele não obteve nenhuma palavra de ajuda, apenas algumas risadinhas maldosas dos colegas. Para mim, ficara apenas uma pulga atrás da orelha. No de minha mãe, sei que sua mente continua lembrando fortemente da presença do papai; sua voz chamando por ele nos sonhos... Bem, ela desejava alertá-lo para a aproximação do maldito caminhão, penso eu; ou, quem sabe, um conselho para que ele não viajasse sozinho, que tomasse muito cuidado com a estrada. Até que não viajasse. Voltei a admirar o silêncio da rua e as suas casas. Impressão de que vivem com seus moradores imersos na solidão e nos mistérios.

13

s redes sociais estão tomando o tempo de viver. Falei alto para meus sobrinhos que há vida fora das telinhas. Não recebi um olhar sequer, muito menos uma palavra de resposta. Minha impressão foi de que já estão em perigo de chegarem ao ponto de sentir que não existe mundo fora da internet. O que ou quem estaria do outro lado hipnotizando Maurício, hipnotizando Milena?

— Hora de desligar o celular, filha! – disse alto minha irmã Celeste.

Silêncio sepulcral. Ela insistiu:

— Pelo menos diminua o som. Está atrapalhando minha conversa com sua tia.

Nada.

— Desliga o som, por favor – continuou ela, depois apertando os lábios.

Milena continuou sem dar a atenção devida. A mãe ficou sem graça. Resolvi dar uma de tia:

— Não custa nada, Milena. Pelo menos abaixe o som...

Continuou o nada.

— Vai pro quarto! – bradou Celeste, já impaciente.

Milena permaneceu muda, surda e estátua viva.

— Vou tomar o celular – ameacei, também ficando sem paciência e já acrescentando o papel de madrinha de batismo.

Milena continuou sem dar a mínima. Eu continuei a conversa, não sem antes olhar para minha irmã em busca de uma expressão de concordância. Recebi o "sim" com louvor.

— Agora! – bradei e tomei o celular.

Milena fechou a cara, levantou-se rapidamente e foi diretamente para o quarto do irmão. Fui atrás. Foi então que falei alto com os dois. Após as minhas palavras, aproximei-me para os abraços.

— Boa noite, Milena. Boa noite, Maurício.

Senti o calor dos corpos e ouvi a resposta de cada um, de forma rápida e sem olhares. Devolvi o aparelho. Há vida fora das telinhas, eles compreenderão.

Saulo havia levado mamãe para passear e pude, então, conversar a sós com minha irmã.

— Está difícil, não?

— E como. Acredito que seja da idade... – respondeu Celeste com um tom de desânimo. – Adolescência.

Fiz com o rosto que estava em dúvida.

— Sobre mamãe, sobre Saulo, sobre você, sobre nossas vidas. E ainda sobre meus lindos e amados seus filhos – disse eu.

Celeste me olhou nos olhos.

— O que seria de mim, da família, sem você? A impressão que tenho é a de todos levarem a vida aos trancos e barrancos, menos você, sempre centrada, disponível. Obrigado, irmã!

— Alguém tem de carregar o piano, como se dizia. Fazer o papel de Cristo! Acho esta melhor – acrescentei.

— Qual o assunto de agora? – perguntou Celeste.

Fiz mentalmente uma lista de prioridades. Não deu tempo de escolher uma, pois ela continuou:

— Vamos falar de Maurício e Milena. Estou precisando.

— Sim, vamos – concordei.

Ficamos sem palavras por alguns segundos. Foi o tempinho para eu perceber o quanto envelhecera minha irmã. Seu corpo deveria mostrar uma jovem e bonita mãe, não uma expressão baixa e triste, uma mulher murcha. Continuei:

— É...

— Sei que está pensando no quanto é complicado – disse Celeste.

Respirei fundo.

— Internet... redes sociais... parece que tem um diabinho tentando a gente com bobagens e informações inúteis, principalmente. Como criticar as crianças e jovens se nós também estamos nessa?

— Sei que sou uma mãe boba, que cede o tempo todo e não mede esforços para atender aos pedidos das minhas crianças. Quero muito ter a força que papai tinha. Quando ele dizia um não, era não mesmo. Não tinha conversa... Onde eu errei? Me fale, Maria Helena!

— Não errou em nada, irmã. O mundo está aí e temos de aprender a lidar com as mudanças. O ponto principal, penso, é aproveitar o que há de melhor no que for oferecido, sem precisar ficar ligado por horas. Uma arma que procuro usar chama-se livro. Leio bastante, graças a Deus. Papai deu o exemplo. Assim consigo afastar um pouco o celular. Chego a escondê-lo debaixo do travesseiro, mas não adianta muito; a estratégia é infantil e a tentação está logo ali. Parece mentira, mas quando vou fazer caminhada desejo não levar o aparelhinho, mas a mão obedece ao instinto de pegar e levar. Não ando 10 metros e a cabeça começa a entrar em parafuso. Volto e escondo o danado do celular na bolsinha. Não adianta, é caminhando e usando; usando e caminhando. Quando algo faz brilhar meus olhos, acabo escolhendo uma sombra no meu parque de Águas Claras, a andança fica pela metade e meus olhos não veem outra coisa. Só Jesus na causa.

Rimos. Como o assunto não era para brincadeira, resolvi continuar num tom mais sério.

— Irmã, vamos colocar nossas mãos na ferida: a questão que mais me incomoda é que nossas crianças e jovens estão em processo de formação. Aí a situação fica mais séria, segundo os pesquisadores.

— Continue.

— Converso muito com Catarina, você sabe.

— Claro. A propósito, quero muito aumentar meus contatos com ela. Catarina é demais!

— Então... Falamos dia desses exatamente sobre a questão das crianças e jovens grudados nas telinhas, na maioria das vezes sem limite. Minha amiga tocou em dois pontos que mais me chamaram a atenção: a cultura do menor esforço e a perda da capacidade de atenção. Não vou nem falar dos perigos... Meu Deus! – exclamei.

Ficamos em silêncio por alguns segundos. O tempinho serviu para eu refletir sobre o desejo que Celeste expressara a respeito de papai, de como ela gostaria de ser forte também. Não podíamos mais contar com a sua presença e as suas palavras. Retomei a conversa.

— Celeste, só por curiosidade, você já viu o que tem dentro daquela velha mala que papai guardava? A propósito, ela está bem pertinho da gente.

— Não, imagina! A curiosidade ainda não me levou a isso. Mamãe um dia me disse que papai tinha um diário lá dentro. Quem sabe...

— Opa, gostei da palavra! Amei! – Que história é essa de vovô ter escrito um diário? – perguntou Milena, oferecendo uma cara alegre ao se aproximar.

— Que bela surpresa! A nossa Milena voltando a ser a garota sorridente! – exclamei.

— Fui expulsa do quarto e aqui estou. Agora sem o celular ligado! – brincou minha sobrinha. – Falem mais sobre vovô Nicolau.

— História de família – disse Celeste.

— Quero saber de tudo! Conhecer o tal diário será *top*!

Milagres acontecem. Ver a mudança no comportamento da minha sobrinha em tão pouco tempo não teve preço.

— Tem alguma ideia, filha?

— Simplesmente ler! Nós três.

Ficamos olhando uma para a cara da outra. Celeste interrompeu a cena.

— Querem saber? Vamos fazer uma leitura coletiva, reunir todo mundo. Juro que estou empolgada! Pode ser aqui, apartamento da mamãe.

— Papai ficará muito orgulhoso, muito feliz, tenho certeza – reforcei.

14

Eu, com o coração a mil, pedi para mamãe abrir a mala diante da família. Houve um breve silêncio. Foi quebrado pela fala de Milena:

— Abre, abre!

— Antes de abrir, peço para Maria Helena comentar alguma coisa – mamãe disse.

Respirei fundo.

— Família, é papai que vai dizer muito através das palavras. Precisamos de seriedade e de saber ouvir. Não vamos apenas ler bilhetinhos, vamos resgatar uma história de vida. Não sabemos o que está escrito no caderno, mas, em se tratando do nosso Nicolau, podemos esperar coisas boas com certeza. Preparados?!

Vi uma Celeste com cara de ansiosa, Milena com os olhos brilhando, Saulo sentado ao contrário na cadeira, com a mão no queixo, Maurício parecendo fora de órbita e ao longe tanto fisicamente quanto espiritualmente, digamos assim. Meu marido com o corpo afundado no conforto do sofá. A formalidade fora garantida por mamãe, que usava um belo vestido há muito pendurado num cabide e ostentava um grande capricho na arrumação dos cabelos. O conjunto, incluído o seu belo relógio de braço folheado a ouro, a deixava uma mulher sóbria e elegante. Um colírio para os nossos olhos. Ela abriu com todo o cuidado a histórica e bonita mala. Milena puxou o coro do óóóó!

— Quem começa? – perguntou Saulo.

— Dona Emília, claro! – ouvimos a voz apressada do meu Geraldo.

Não houve nenhuma objeção. Saulo sugeriu uma ordem. E o critério era por idade, começando por mamãe. Assim seria em toda a leitura, também com a participação do meu marido. Minha mãe preferiu ler em pé; limpou a garganta e deu uma boa respirada. Celeste pediu silêncio.

Ouçamos:

Fazenda Aldeia, quinta-feira, 18 de abril de 1957

Ao meu querido diário:

Estamos num dia santo, o frio é de rachar e a chuvinha fina não vai embora. Escreverei para você, diário, desde agora até a última palavra. Não precisarei ficar repetindo "ao meu querido diário". Considere que a dedicação será para cada dia de anotações neste meu caderno. Vamos em frente, porque a porteira para o mundo se abriu para mim. Aqui começa tudo. A nova capital está me chamando: acho que enlouqueci. Vou-me jogar em uma aventura com pouco trem na mão, mas com o coração aquecido e a coragem de um forte. Trabalho pela frente, muito trabalho. Escutei pelo rádio que a construção da nova capital precisa de braços fortes. Oferecerei os meus. Por enquanto, mantenho-me calado. Prepararei o meu pai e a minha mãe. Lágrimas vão rolar. Uma decisão apressada e um coração a mil. Que Deus me oriente e ajude. P.S. Fiquei muito satisfeito por causa da ideia que passou pela minha cabeça de fazer um diário. Não sei como terminará, mas sei que vai contar a minha história. Louca? O tempo vai dizer... Estou com o sentimento de uma enorme força interior. Ah, minha escrita será segredo entre mim e Deus.

— Bravo! – gritei.

Mamãe ficou mais um tempinho de pé. Olhou para o rosto de cada um de nós e se sentou. Fiquei aliviada quando ela sorriu. Pela ordem de idade o próximo seria meu marido, depois eu.

Geraldo pediu respeitosamente o caderno para mamãe, olhou para o fundo da sala e pediu para Maurício esquecer o celular e chegar mais perto. Ajeitou o cabelo, posicionou-se mais ao centro e leu como se digerindo e saboreando cada palavra.

Fazenda Aldeia, sexta-feira, 19 de abril de 1957

Sexta-Feira da Paixão, muitas rezas. O sol voltou. Criei coragem para falar sobre a decisão de ontem. Como imaginava, papai concordou com certa facilidade e mamãe caiu em prantos. Após alguns minutos de conversa, ela acabou aceitando desde que eu visitasse a nossa roça todos os fins de semana e feriados. Prometi que faria o possível, mas alertei sobre o caminho longo e penoso. Ela não achou graça, mas mesmo assim manteve a exigência. Pensei em escrever cartas para compensar as ausências. Preferi não comentar, porque não sabia se seria possível enviá-las. Em tempo: papai me emprestou uma velha mala, que era do vovô. Minhas roupas não ocupam nem a metade dela. Tentarei encontrar um louco com o mesmo sonho. Começarei amanhã a procura. Se não achar, vou sozinho mesmo. Aliás, sozinho não, com Deus. Estou louco para voltar a comer carne. Não consegui acompanhar minha família. Desde a quarta-feira de cinzas ninguém aqui viu carne. Eu, confesso, quebrei a promessa por duas vezes. Pedi perdão ao nosso Criador.

Papai foi aplaudido. Mamãe fez um breve comentário sobre as dificuldades da comunicação naqueles tempos. Destacou a importância do radinho de pilha. Receber uma cartinha era como receber um troféu. Meu amor sorriu e voltou a se afundar no sofá. Minha vez. Resolvi inaugurar a leitura sentada. Reforcei, indicando com o rosto, o pedido para Maurício se aproximar. Ele obedeceu e ficou a uns três metros de sua mãe. Voltemos ao diário:

Fazenda Aldeia, segunda-feira, 22 de abril de 1957

Dois dias de procura sem resultado. O lado bom foi constatar que os homens estão satisfeitos com a vida na roça. Também estou, afirmo com força, mas o horizonte me chama e não posso evitar. Acho que tenho sangue de desbravador e algum parente antigo foi um Bandeirante. Acabei de dar uma risada para o vento ao me lembrar do tanto que apreciei o leitão assado domingo. O cheiro permanece no meu nariz e o sabor na boca. Amanhã, terça, pego estradão, rumo ao desconhecido. Vou riscar o mapa, atravessar fronteiras, vencer morros, matas e cachoeiras. As bênçãos do Nosso Senhor, peço agora. A proteção ficará confiada a Nossa Senhora. Amém, amém mil vezes!

— Amém, meu povo?! – exclamei para dar uma animada. A resposta em coro foi mais do que positiva.

Entreguei o diário para Saulo. Na mesma posição na cadeira, ele leu:

Fazenda Aldeia, terça-feira, 23 de abril de 1957

Choveu e fez muito frio a noite inteira, mas ganhei um amanhecer de céu limpo e sol brilhante. Hora da partida, estou arrepiado. Cavalo arreado. Levo a bruaca de couro cru, a mala emprestada, o embornal com a paçoca de carne seca e a rapadura. A cabaça com água fresca da mina não pode faltar. O pó de café e o açúcar. Banha. A lamparina e algumas velas para o caso de precisar. Também meus livros, almanaques de farmácia e minhas revistas. Não fico sem ler por nada neste mundo. Sou um homem de sorte por isso. Não vou deixar o nosso Presidente J.K. sozinho. Juntar-me-ei aos bravos para fazer história. Tirei o leite com papai e já tomei o café reforçado, feito com amor pela minha mãe. Tomamos em silêncio, em família e ninguém disse palavras sobre a minha partida. Minha mãe fez de tudo para segurar as lágrimas, eu vi disfarçadamente. Mas está chegando a hora da despedida e eu também terei de segurar a dor. Não posso deixar de anotar que meus irmãos não me deixaram levar o radinho de pilha. Na verdade, eles o esconderam. Compreendo. Sinto uma certa vontade de desistir. Acabo de pensar que não é somente por causa dos meus queridos, mas também porque muitos viraram a cara para mim assim que souberam da minha decisão. O sangue ferveu novamente. O homem tem de ter coragem. Vou! Desejo fazer História.

Incrível, Maurício se mostrou atento e até se aproximou um pouco mais de Saulo assim que meu irmão lera "Juntar-me-ei aos bravos para fazer história". Cheguei a ensaiar um elogio. Desisti, pois poderia estragar tudo. A leitura seria longa e o diário era mais espesso do que eu havia pensado. Celeste continuou no parágrafo seguinte:

Posso partir para o horizonte, estou pronto. Meus irmãos sumiram. Apenas meu pai, minha mãe e um vizinho compareceram à despedida. Pedi a bênção para os meus dois queridos e lancei minha mão para cumprimentar o vizinho. Não demorei muito na estrada para pegar na pena e escrever. Ainda estou com o espírito abalado pela forte emoção. Meus olhos estão pesados e marejados... Pronto, derramei todas as lágrimas possíveis neste chão sagrado da minha Aldeia. Minhas mãos estão tremendo, mas vou continuar a escrever, mesmo desajeitado em cima do meu alazão. Estranho, muito estranho... Confesso que já sinto o peso da solidão de uma estrada de terra sem fim. Coragem, Nicolau! Prometo voltar sempre que possível, pai e mãe. Anotado a data de hoje e vamos desviando da lama na estrada.

O horizonte será o meu lugar.

A vez e a hora da voz do meu sobrinho. No início, ele achou que não teria lugar na leitura, que seria apenas para os adultos.

— Filho, capriche! – foi socorrido pela sua mãe.

O garoto ofereceu uma expressão no rosto como se não acreditando. Depois se posicionou no centro da sala. Sua irmã ofereceu um riso contido.

O jeito desengonçado de Maurício delatava certa insegurança. Ele segurava o celular na mão e, ao perceber que o silêncio se prolongava, guardou-o no bolso. Não desejei ficar imaginando coisas, mas deu para avaliar que a meninada estava tendo dificuldade em lidar com o mundo real. Encerrei rapidamente a reflexão.

Venci a subida íngreme da aldeia, quase um paredão coberto por uma mata fechada. Agora, o horizonte está bem claro. Um bando de macaquinhos me acompanhou por alguns minutos com evidente curiosidade. Vi uma cobra passando e um tamanduá bandeira enorme. Estou acostumado, apenas observei e evitei. Muita lama e um rego d'água insistindo em acompanhar o desenho da estradinha. É o início da minha aventura. Seria uma loucura? Sorri. Talvez (não, certeza) o que mais me fará falta será a presença dos meus companheiros. Não terei ninguém para compartilhar os momentos de alegria, de tristeza, das conversas jogadas fora. Não tem importância: conversarei com os passarinhos e comigo mesmo. Vão pensar que fiquei maluco. Ri novamente. Somente assim vou suportar a solidão, não vou sentir o tempo passando como tartaruga e meu sangue não vai esfriar. Estou determinado! Até breve, nova capi-

tal do meu país. Grande abraço, presidente! Vou guardar o caderno e prestar mais atenção no caminho. Muito mato e pode aparecer onça.

Era como se papai estivesse também na sala, feliz com aquele evento em família. Imaginei a presença dele assim que Milena pegou o diário das mãos de Maurício. Senti um frio na barriga e não pude esconder o meu sorriso. Minha sobrinha pediu silêncio e mostrava uma alegria há muito não vista em seu belo rostinho. Limpou a garganta e...

Está demorando muito para avistar Paracatu. Uma pessoa não acostumada sofreria muito medo ao percorrer estas bandas cheias de mata fechada, lama, poças d'água e animais. Graças a Deus não é o meu caso. Tenho minha garrucha e um bom punhado de balas para alguma situação. Conheço este caminho até Cristalina. Passei por aqui com meu avô, que estava na função de ponteiro, tocando o berrante para o controle da boiada. Eu ao seu lado, como se num sonho para um moleque de 13 anos. Eu tinha a liberdade de seguir o meeiro para controlar algum boi fujão ou ficar perto do culateiro, no final do gado, mas gostava mesmo era de estar ao lado de vovô. Sei que ele não conseguia disfarçar o contentamento pela minha presença como companheiro. Ele era caladão, mas o brilho nos seus olhos não o deixava mentir. Não quero ficar me lembrando de que ele não está mais aqui... A comitiva era formada pelos peões da nossa fazenda. Entregamos o gado próximo de Cristalina. Já dei água para o meu cavalo e me sinto descansado. Há uma bica logo ali, estou vendo. Vou completar a água na cabaça e no chifre de boi amarrado na bruaca. Sombra boa desta árvore, muito obrigado. Seguir viagem sob os cuidados de Nossa Senhora, em nome do Pai, do Filho e do Espírito Santo. Amém.

A primeira rodada de leitura foi recebida com calor. Mamãe nos pediu que prosseguíssemos no dia seguinte. "É muita emoção para o meu coração", disse ela com uma lágrima escorregando pelo seu rosto. A expressão de concordância foi de todos.

15

ão deu para pescar nada sobre Saulo e Celeste nem antes nem durante e nem depois da leitura. Eles entreolharam-se muito pouco e em nenhuma vez apareceu um sinal de que tivessem tido o mesmo pensamento, a mesma alegria. Ouvi minha voz repetindo que "o foco da noite era o diário do meu pai, uma relíquia que vai ficar para sempre nos nossos corações". Anotei no caderninho da minha vida que era mais do que a hora de eu parar de me preocupar tanto com os dois. "São bem grandinhos e os últimos acontecimentos foram favoráveis", pensei com força. "Hora de parar, hora de parar", falei baixinho para mim. Como o sono não vinha por nada do mundo, achei por bem verificar se era melhor me levantar para ligar a T.V. da sala ou continuar dando corda para os meus pensamentos. Escolhi a segunda opção, mesmo com o ronco do Geraldo maltratando meus ouvidos. A programação nos canais não me empolga na sua maioria: repetições, muita violência e maus conselhos. O auge da maturidade nos leva para o patamar de sempre poder escolher a leveza e aquilo que enche o espírito de satisfação: aquela sensação de ter crescido mais um pouco. Uma delícia. E que delícia ter a sensação de ouvir

115

papai contando sobre a maior aventura de sua vida. Será que foi? Não sei. Somente sei que estou muito surpresa com tudo o que foi lido até agora e muitíssima curiosa com o que virá. As letras no papel se transformaram na voz dele, a voz que me enchia de paz e segurança. As velhas e caprichadas letras que preenchiam os bilhetinhos que ele costumava deixar debaixo do travesseiro dos filhos, como esquecer? A boa noite, o durma com Deus e os conselhos para a semana. "Não se esqueça de respeitar os professores, de prestar a atenção às aulas, de fazer todas as tarefas em sala e os deveres de casa", escrevia. Podia ver seus olhos brilhando de tanto orgulho. E mais brilho quando ele observava que todos nós cumpríamos tudo direitinho. Ao contrário de Milena e Maurício, sempre com bilhetes dos professores e professoras solicitando a presença urgente da mãe na escola. Acabava algumas vezes indo como tia e os problemas eram quase sempre os mesmos: falta de atenção, uso indevido do celular e não cumprimento das tarefas. Voltando ao papai, ele demonstrava todo o seu carinho para com os filhos e eu aqui agora pensando que não podemos ter um. Se Geraldo tivesse procurado tratamento para a sua infertilidade, hoje ele não seria um homem estéril. O agravamento do seu problema quase gerou uma crise no nosso casamento, porém o amor ficou acima de tudo e continuamos como um casal unido na alegria, na tristeza, na saúde e na doença, conforme havíamos prometido solenemente diante do Altíssimo e do povo. Tenho, mesmo que de maneira indireta, meus queridos sobrinhos como filhos. De certa forma, também meus alunos. Isso hoje me basta. A propósito, fiquei admirada com o comportamento dos dois. Milena estava atenta a cada palavra e o irmão com uma paciência há muito tempo não vista. Família mais unida, mais presente, mais diálogo, mais programação com a presença de todos... Disso é o que meus queridinhos precisam; escrevo e assino embaixo.

Continuando com minhas reflexões, acabei rindo ao imaginar a cena de papai ter visto uma cobra de passagem. Ele simplesmente a evitou. Se fosse eu, sairia em disparada. E ainda a realidade de estar cercado por matas, onde habitam animais inocentes e outros ferozes e perigosos. Ah, como correria! Isso me fez lembrar de um caso, não sei se uma situação cômica ou séria. Ocorreu no Lago Norte. Era uma manhã de um dia de semana qualquer, quando mamãe abriu a janela e se deparou com um rapaz ao lado da caixa dos correios. Ao ver mamãe, ele saiu em disparada como um foguete. Quando ela comentou comigo, pensei na hora tratar-se de alguém sondando a casa para um possível assalto. Ele se autodenunciou ao tomar a atitude de correr, assim concluí.

Tomada pelo sentimento de que não conseguiria mesmo pegar no sono, acabei abandonando a cama e me pus a me deliciar com a vista de Águas Claras, maravilha permitida pelo meu quarto no segundo pavimento da casa. Entretanto, não pude reprimir um arrepio quando passei a observar melhor os prédios adormecidos da cidade, seus mistérios e a solidão da madrugada; os moradores uns em cima dos outros. Pensei em como mamãe era mais forte do que eu, pois ela sempre morou em casas; casa espaçosa em Unaí, depois a casinha que se transformara num casarão no Lago Norte e agora num desses milhares de apartamentos empilhados, sem dar um pio de reclamação nem demonstrar desconforto e muito menos, medo. Inveja.

Catarina. Como não ter incluído nas minhas reflexões a querida amiga-irmã naquela noite de insônia? A propósito, ela também perdera o pai. No caso, por um infarto, seguido de morte horas depois. O socorro viera tarde demais. Com o passar dos dias, ela passou a dizer que Nicolau era seu segundo pai e o relacionamento dela com minha família ficou ainda mais estreito. Voltei para a cama quando comecei a sentir meus braços pesarem sobre o peitoril da janela. Não demorou e já sentia os olhos também pesados. Antes de adormecer, ainda pude prometer que ligaria para Catarina. Ela devia participar dos momentos mais especiais da família.

16

Catarina recebeu com alegre surpresa o convite. Fiquei ainda mais feliz quando minha amiga chegou com um belo sorriso e deu um fraterno abraço em cada um de nós. Para mim, foi acrescentado um beijinho na testa.

— Muito obrigada por poder participar de um momento tão bonito! – agradeceu Catarina. – Maria Helena me informou sobre a parte inicial do diário que foi lida. Confesso que estou emocionada. Prometo que não vou atrapalhar.

— Você é da família e estamos contentes com a sua presença – disse mamãe.

— Mais uma na fila para a leitura! – exclamou Saulo.

Catarina fez que não concordou. Esperou alguns segundos e falou:

— Quero ser apenas uma ouvinte silenciosa! Mas darei um grito se ficar emocionada em algum momento – disse rindo. Acabamos rindo também.

Todos se posicionaram nos devidos lugares e mamãe, quase de maneira solene, iniciou a nova rodada:

Já se passou um bom tempo desde o início da jornada e minha barriga ronca de fome. Resolvi que vou parar na próxima sombra. Continuo: Graças a Deus uma árvore frondosa diante dos meus olhos. Minha primeira boia vai com feijão, arroz e paçoca de carne seca. Aliás, assim será nas próximas. E a rapadura como reforço final. Ainda bem que me lembrei de trazer um tomate. Sei que só dá para hoje e que é um luxo. Improviso uma fogueira graças a minha binga (isqueiro - herança da família) e alguns galhos secos. Meu Deus, um avião fendendo as nuvens! Com certeza, rumo a Brasília. O seu ronco me dá ainda mais vontade, mais energia para me juntar ao Presidente na construção da nova capital. Barriga cheia. Queria um espelhinho para ver a alegria no meu rosto.

Mamãe escondeu a boca com as mãos por um instante. Depois, respirou fundo e a seguir levou o caderno para Geraldo.

Meu marido começou...

Paracatu à esquerda. Mais uns metros e encontro a estradinha sertaneja rumo a Cristalina. Estou na região do ouro e dos cristais, mas o diamante está mais longe e é para lá que eu vou. Daqui a pouco, o manto da noite vai cobrir todo este horizonte e será hora do repouso. Acho que vou dormir como uma pedra, pois o dia foi duro. A lamparina vai me dar alguns minutos para eu ler alguma coisa. A leitura antes de dormir é um costume que levarei para toda a vida. Me ajuda para pegar no sono e ajuda para ficar rico nas palavras e nos sonhos.

Chegando a hora de parar. O dia rendeu muito e estou satisfeito. Não vejo nenhum rancho com cobertura de folhas de buriti. Juro que tinha um neste pedaço da estrada, tenho certeza. Prepararei um cantinho para nós dois no terreno limpo ao lado da estrada. Descanso a caneta.

Quando acendi a lamparina, ficamos envolvidos pela luz e defendidos contra a escuridão medonha. Fiquei sentindo o silêncio do sertão e notei que meu cavalo apreciava o sossego. Ele me observa como quem me compreende. O amigo é duro para dormir e servirá de alerta contra os perigos da madrugada. Grande Valente!

E continuamos obedecendo a ordem da leitura por idade e era a minha vez:

Passei em revista os detalhes do longo dia. Ficar na companhia dos próprios pensamentos pode ser assustador, mas não foi o meu caso. Enrolado no couro de boi e com certo conforto, mesmo ao relento, passei a admirar as estrelas e a pensar: "Só pode ser coisa de Deus... Nada é por acaso... Se estão lá em cima, é porque foram criadas. Por quem? Como resultado de uma explosão inicial? Quem criou esse tal pontinho muitíssimo quente, apertadíssimo e cheio de energia, que, num certo momento, explodiu, gerando ao longo de milhões de anos o Universo? Surgiu do nada? Como? Como tudo foi se aper-

tando, apertando, apertando, até chegar ao ponto de ser um pontinho maluco desses? Que diabo de energia foi essa? Para mim, na minha pobre pessoa, foi obra do Espírito Superior, Deus. E digo mais, sem medo de errar; digo que somente um ser espiritual superior pode ter o poder da criação. Nós, mortais e as coisas materiais, ganhamos a capacidade da transformação, mas a criação veio do alto. Um dia vamos compreender. Se eu for pensar no milagre da vida, na beleza e complexidade dos seres vivos, aí eu enlouqueço. Agora peço licença, meu diário, pois desejo dormir. Descanso a caneta e a tinta, já verificando que os olhos do meu cavalo estão fechados e já se aproximam as altas horas da noite.

Ficamos sem palavras por um breve período de tempo até mamãe nos brindar com uma expressão de orgulho. Notei um olhar diferente em Maurício quando foi lida a parte da criação. Ele finalizou com um sorriso sarcástico. Interpretei que a afirmação do avô não estava de acordo com o ensinamento que recebera na escola. Compreendi.

Estradinha de chão, quarta-feira, 24 de abril de 1957

A chuvarada voltou com força. Pelo andar da carruagem, não vai abrandar tão cedo. Diário querido, hoje você descansa. Dia longo, encharcado e estrada rumo ao horizonte sem fim.
Registro: estou quase na metade do caminho para Cristalina. A chuva deu uma parada e me permitiu pegar o caderno. Passou por mim uma fa-

mília também de viagem a cavalo. Uma linda menina na rabeira da fila. Ganhei uns boas-tardes e um olhar cativante da donzela, de forma tão doce que quase me fez desistir de uma loucura e começar outra. Venceu o horizonte, mas fiquei com um sentimento de perda danado. Juro que percebi Valente rindo da situação. Ele mostrava os dentes e relinchava de forma que me pareceu de zombaria. Dei-lhe uma bronca de brincadeira e normalizei a respiração.

Dei sorte. Um rancho pronto para uso, e dos melhores! Apenas a pintura descascada pelo tempo, nada mais. Se for reclamar, será apenas que o céu estrelado será trocado por um teto de telhas maltratadas. Para a garantia, sondei se tinha cobra, aranha ou mesmo escorpião. Tudo certo.

Cristalina, quinta-feira, 25 de abril de 1957

Que vento danado neste sertão goiano! Quase perdi meu chapéu. Tive de correr uns 100 metros para pegá-lo de volta. Valente não riu da situação desta vez; acho que por causa do cansaço. Cristalina ao meu lado e parece tudo muito calmo. Vejo as janelas trameladas, por causa da ventania, penso eu. Entardecer com nuvens coloridas no horizonte; cidade dos cristais e de agitada história. Suas pedras foram enfeitar as ricas salas da grã-finagem.

Voltarei. Achei melhor voltar e pousar em alguma pensão na cidade. Merecemos uma noite *calma e segura.*

Entrei num quartinho de fundo e me deparei com uma cama simplesinha, de madeira dura, mas com um colchão convidativo assentado sobre um estrado sem defeito. Colocarei os trens no cantinho e vou descansar o corpo e a alma. Amanhã será um novo dia de horizonte infinito, suor e alegria.

Os olhos de Catarina brilhavam. Celeste passou o caderno para seu filho.

Estradinha de chão, sábado, 27 de abril de 1957

Dia de nuvens brancas apressadas no céu. Ontem o dia foi duro e sem novidades, a não ser o cruzamento com mais pessoas simples pela estrada e os bons-dias e os boas-tardes que a educação e o respeito recomendam, além de perguntas sobre o meu destino e se estou bem. Nada mais a registrar. Agora tenho a novidade de estar bem próximo de Luziânia. Posso ver algumas construções indicando a proximidade da cidade. Meu coração disparou.

Conversei com algumas pessoas na estrada e a prosa era quase sempre sobre a nova capital, sobre o povaréu que chegava de qualquer jeito e ainda sobre o asfalto de uma rodovia prometida para o ano que vem. "Luziânia nunca mais será a mesma", diziam batendo no peito. Um senhor de longa barba fumava um cachimbo; sua alegria era tanta que o cachimbo subia e descia, regozijante. Minha cabeça explodia e meus olhos viam a estradinha de chão batido ainda a ser vencida. Na verdade, caminho dos antigos viajantes em busca das riquezas, passando por Planaltina e Formosa. Um moço me disse que era mais para uma picada no cerradão do que uma estrada e que não chegava até a futura capital.

Novidade: ganhei uns companheiros de viagem para a terra prometida.

Vejo Valente descansado e parecendo bem-disposto. Sinto-me assim também. Uma mocinha e três rapazotes, todos da mesma família, pretendem conhecer o local da nova cidade. Mexem com comércio e o mais velho, o Eduardo, quer sondar as possibilidades. Desejei sucesso para eles e saímos juntos. Pretendemos chegar até o final da tarde de hoje. Pedi para Nossa Senhora nos seguir e juntos bradamos um forte e sincero Amém!

Pensei que seria a última etapa da viagem. Doce engano. Alguns trechos com muito barro e os companheiros de viagem muito lentos e inseguros. Um dos moços parecia uma torneira aberta. Várias vezes tivemos de parar para o pobre correr para o mato. Na última ocorrência, ele pulou do cavalo, segurou as calças e mergulhou de ponta cabeça numa moita. Minutos depois, voltou com a cara lavada.

Milena teve uma crise de riso. Rimos. Ela conseguiu prosseguir depois de enxugar os olhos.

Ele confessou que tomou umas cervejas. Além disso, um toró piorou ainda mais um outro pedaço do caminho. Depois, para nossa surpresa, muita poeira.

Ficaram para trás. Eu compreendi, são moradores de cidade e não dão conta do sertão bruto. Não caçoei; apenas lamentei, despedi de cada um e segui em frente.

O atraso me custou um pouco caro. Terei de dormir ao ar livre e somente poderei contar com Valente, minhas coisas, meu sustento e a proteção da Virgem Maria, nossa doce Mãe do Céu. Ainda bem que sei como improvisar uma rede de dormir.

Tem muito barulho no cerrado. Minha garrucha está ao alcance da minha mão e resolvi reforçar a fogueira.

Rezei um Pai-nosso e uma Ave-Maria. Meu amigo Valente não fecha os olhos de jeito nenhum. Não sei se aguentarei tanto. O melhor, estamos chegando.

Ninguém se aguentou e começamos a conversar, tratando dos assuntos lidos. Então, mamãe decretou o final da leitura e início dos tradicionais comes e bebes.

17

Eu me deixei cair na cadeira confortável. O meu sorriso largo mostrou o contentamento de estar novamente com Catarina e com uma novidade: a presença da professora Raquel. O lugarzinho era o de sempre, das nossas intermináveis conversas regadas a brindes à saúde e à amizade, o lounge de leitura, piso superior da casa.

— Catarina, cumpri a palavra e trouxe a professora Raquel que passou de simples colega de trabalho para amiga – disse eu, com um tom alegre na voz.

— Prazer em conhecer você! Fiquei sabendo de muitas das suas qualidades como profissional e como pessoa. Seja muito bem-vinda e já posso dizer que a casa é sua! -- exclamou Catarina, com calma e enorme sorriso educado.

— O prazer é todo meu! Obrigada! Ah, Maria Helena fala maravilhas da senhora e já posso afirmar que terei a mesma opinião. E como sua casa é belíssima e aconchegante, combinando muito bem com a sua elegância!

— Bondade sua.

— Você, Catarina – disse-lhe eu –, é merecedora de todos os elogios, e muito mais.

— Oh, assim vou ficar convencida, mesmo não sendo do meu feitio! – comentou Catarina, rindo diante da minha expressão. – Penso que hoje os assuntos serão diversos e agradáveis, pois além da minha amiga de sempre, temos uma professora.

— Com certeza – eu concordei, com um tom de firmeza na voz. – Duas educadoras e uma arquiteta.

Como a escola havia entrado em recesso e eu não programara nada de especial para o período, achei interessante convidar Raquel para conhecer Catarina. Acertei na mosca, pois a química funcionou muito bem e inauguramos um belo trio de amizade. Voltemos àquele momento na casa da amiga:

— Então... Podemos falar da leitura do diário. Porém, se me permitem, antes gostaria de saber mais um pouquinho sobre a amiga da minha amiga – disse Catarina.

— Será um prazer. Não tenho muita coisa além das mentiras ditas pela Maria Helena – brincou Raquel, rindo, e lançou um olhar de través para Catarina.

— Também estou curiosa para saber mais sobre você – eu disse.

Raquel segurou o queixo e passou a procurar palavras no ar.

— Bem... Basicamente nasci em Brasília. Proibido falar a idade – riu. – Papai é paraibano e tenho muito orgulho disso. Adoro a Paraíba e o Nordeste em geral. Mamãe é goiana, tenho um irmão que mora no Canadá e uma irmãzinha linda na alegria de ter 17 anos. Sou professora de Geografia, leciono na rede pública e também me orgulho disso. Ai, ai, o que mais vou dizer? Estou perto dos trinta e ainda não encontrei o amor da minha vida. Pronto, falei! Em suma, sou uma mulher solteira, muito família, muito amiga e sonho com dias melhores e alunos mais atentos. Não tem como não falar deles, sou professora... Sim, sim, e agora muito feliz em iniciar uma amizade com Catarina, esperando que seja eterna.

— Com certeza! – exclamou Catarina, virando-se para um abraço.

— Que lindo! – disse eu com força, admirando os dois corações envolvidos pelos braços.

Tive a certeza de que a amizade entre as duas ficara selada ali. Catarina voltou a falar:

— Maria Helena, o diário... Que presente você me deu ao permitir que eu acompanhasse a leitura! É como ver Nicolau passando por cada momento da, digamos, da sua aventura, do seu sonho. Não sei se conseguirei não chorar nos próximos registros.

— Estou na mesma situação – disse eu. – Estive pensando que poderíamos ler cada parte duas vezes ou, pelo menos, mais devagar, saboreando mais as palavras. Vou sugerir. Houve muitos detalhes que pediam uma maior atenção...

— Concordo – disse Catarina. – Abrir espaço para comentários.

— Perfeito! – exclamei.

— Assim vocês me matam de curiosidade. Minha amiga nem me falou a respeito.

— Raquel, prometo que farei um resumo caprichado para você, assim que terminar a leitura.

— Maravilha!

— Está difícil até de eleger qual a parte que mais me chamou a atenção, que mais me emocionou. Nicolau está quase chegando ao local da construção da nova capital, meu Deus! O melhor está por vir, tenho certeza.

O cheirinho de café espalhou-se por toda a casa, enquanto os narizes assanhavam as mentes com deliciosa expectativa e Catarina queria mais conversa:

— Acalmem-se, meninas, é para daqui a pouco! – disse Catarina em tom exclamativo, divertido.

— Somos professoras e o café nos atrai como as abelhas são atraídas pelo néctar das flores – devolvi, causando risos.

— Como temos duas profissionais da Educação aqui, gostaria que comentassem o que anda ocorrendo em sala de aula. A curiosidade me bateu agora – disse Catarina. – Guardo a imagem da escola do meu tempo e não tenho a mínima ideia do hoje, dessa modernidade toda na cabeça da meninada. Deve ser uma maravilha.

Eu e Raquel trocamos olhares por alguns segundos. Resolvi falar:

— Minha amiga, pode começar.

— Eu?! Ai, está bem. Por onde começo? ... Já que falou em modernidade, fica quase impossível não comentar sobre as redes sociais. Nem preciso falar sobre o incrível avanço da Ciência. E já estão falando de uma Inteligência artificial, com muitos benefícios se aplicada para o bem da humanidade. Quanto ao celular, penso que poderia mesmo ser uma maravilha, isso se o uso fosse limitado e racional. Mas infelizmente não é o que percebo. Bem, na sala de aula... Sim, sim, a dificuldade de concentração que verifico em muitos alunos. Toda o tempo preciso alertar para o "Prestem atenção, turma". Quase todos com o smartphone na mão ou escondidinho na carteira escolar. Parece que têm um medo danado e permanente de perder alguma novidade, de não ver alguma mensagem. Ficam ansiosos e a fala da professora aqui fica em segundo plano ou em plano nenhum. Proibição do celular em sala: tentaram, mas a gritaria foi geral. Com a palavra, minha colega de luta.

— E a madame aqui que leciona Matemática, hein? Faço o possível e o impossível para convencer sobre a importância da matéria, de que ela ajuda muito no desenvolvimento do raciocínio, da inteligência, da concentração e por aí vai, que ela é uma das bases para o nosso desenvolvimento intelectual, que torna nossas mentes preparadas para a abstração; também sobre a sua importância para as outras áreas do conhecimento. "Para que serve isso?", ouço sempre. Muitas vezes até com tom de zombaria – disse eu, dando uma pequena pausa para respirar. – Quanto ao celular, temos o desafio enorme de fazer com que ele seja um aliado da educação, uma ferramenta auxiliar de pesquisa e aprendizado. Aí, sim, poderemos aplaudir de pé.

— Jesus! – exclamou Catarina. Mesmo com a ajuda do computador, do celular e outros meios, vamos assim dizer, não dispenso uma boa leitura nos livros físicos. Posso ler por muito mais tempo sem cansar a vista, mas, principalmente, acho muito mais charmoso, acreditem. Vejam, ficamos admirados quando uma pessoa está lendo um livro, por exemplo, num trem do metrô; parece que ela está fazendo duas viagens. Adivinhem qual delas a pessoa está apreciando mais, mesmo uma sendo dentro da realidade da paisagem e a outra dentro de uma história cativante? O perigo é a pessoa passar do ponto da descida – ela riu.

— Tem a questão de o livro ser na forma física ou não. Eu fico a meio caminho entre o digital e o físico. Mas, confesso, já penso mais em priorizar o livro na forma física. Ando frequentando as livrarias e estou muito feliz por isso. Acho mais clássico, lembrando minha amiga de infância aqui do lado, até mais charmoso. O mundo digital está cobrando um preço pelo jeito que estamos vendo, mas dou um desconto quanto ao hábito de ler um livro pelo *tablet.*

Raquel resolveu colocar mais lenha:

— Ainda sobre o abuso no uso dos celulares, não são somente com nossas crianças e jovens; muitos pesquisadores alertam que as pessoas estão perdendo a capacidade de dialogar, de conhecer o outro. Temos, hoje, uma geração de pessoas distantes, sem paciência, com dificuldade na capacidade de ouvir direito, solitária e não solidária. Ocorreu há dias uma cena chocante. Uma pessoa sofreu um acidente de moto e estava agonizando no chão. Uma moça tirava *selfies* em várias posições e um grupinho de pessoas apenas observava a tragédia. Não passou por nenhuma das cabeças ali a ideia de ligar para os heroicos bombeiros. Eu, mais do que depressa realizei a tarefa. Em poucos minutos já dava para ouvir barulho ensurdecedor da ambulância salvadora. E o número de *selfies* só aumentava. Precisamos preparar a meninada para a vida real também. Quem sabe disciplinas que ensinam a nos relacionar? Mais um desafio para as escolas, acredito – acrescentou ela com um tom sério.

Catarina se mostrou assombrada.

— Agora entendo melhor a preocupação de meu marido – disse ela, fazendo depois uma pausa nas palavras.

Eu resolvi quebrar o silêncio:

— Doutor Heraldo, Raquel, adianto, um maravilhoso psiquiatra. Perdão, querida, pela intromissão.

— Está perdoada, Maria Helena. É que a clínica – Catarina continuou – onde trabalha Heraldo está cada dia mais lotada de pacientes em situação muito delicada. E o pior, muitos jovens e até crianças. Tem tudo a ver com as questões que vocês comentaram. Muita ansiedade, depressão e muitos outros transtornos mentais. Meu marido voltou recentemente de um congresso em Belo Horizonte e se mostrou muito preocupado com as possibilidades de uso indevido da chamada inteligência artificial, controle das pessoas e até um colapso da sociedade diante do poder das máquinas. No congresso, comentaram sobre a necessidade urgente de um controle mundial dessa nova tecnologia. A vida não está para brincadeira, comentou. Mas, mudando de assunto...

— Fofocas! – exclamei eu.

— Vamos fugir um pouco da escola, estamos de folga – reforçou a brincadeira Raquel.

Uma bandeja com um bule fumegante entrou no ambiente.

— Cafezinho?! – perguntou a voz amiga.

— Menos para as professoras – disse Catarina, sem menos precisar de dar uma risada.

18

ois dias depois, uma sexta-feira, ocorreu uma agradável surpresa quando li uma mensagem de Maurício pelo *WhatsApp:* "Tia querida, não se esqueça do encontro amanhã, aqui na vovó". Respondi festivamente e ainda brinquei ao alertá-lo para também não se esquecer. Isso tornou ainda maior minha alegria, pois, antes, ouvira de Milena o seguinte: "Tia, acredite, foi a primeira vez, durante a leitura do caderno do vovô, que me esqueci completamente do celular. E olha que ele estava bem ao meu alcance. Lembrei-me das suas palavras de que tem vida fora das telinhas". Como não ficar orgulhosa? No dia seguinte, coloquei um dos meus melhores vestidos, pois desejara, assim, sentir que valorizava ainda mais o nosso encontro familiar tão especial. A noite de sábado chegou e as expectativas eram as melhores. Conforme o combinado, mamãe iniciou a sessão:

Trilha no meio do cerrado, domingo, 28 de abril de 1957

Sinto um frio na barriga. Avisto uma construção bonita de madeira. Só pode ser o Catetinho.

Ouvi falar dele quando passei por Luziânia no dia de ontem. Depois de enfrentar o mato fechado e o desvio, sou premiado com a visão dessa maravilha. Também feliz por ver o início de uma estrada de chão larga e que vai me levar para o berço de uma nova cidade. Está tudo fechado e silencioso. Certamente o Presidente JK. está em reunião na casa, ou castelo de tábuas, talvez o nome mais adequado, ou ainda, que esteja animando os bravos pioneiros nos canteiros de obra. Vejo poeira no horizonte, subindo como se anunciando o porvir.

O silêncio que ocorreu a seguir na sala foi tão surpreendente que tive a impressão de poder pegá-lo no ar, que ele se materializou. Saulo tomou a iniciativa de fazer voltar à normalidade.

— Mamãe, acho melhor a senhora continuar. Será o momento da chegada de papai em Brasília.

— Pode ser, filho. Então... Ah, vamos saborear mais as palavras, conforme pediu Maria Helena.

Cheguei finalmente. Vejo um mar de árvores retorcidas e um céu de tirar o fôlego. Não muito longe, uma cidade ainda não existente parece flutuar no meio de um grande terreiro vermelho, rodeado por uma imensidão verde. A minha Aldeia ficou para os lados detrás da poeira da estrada e meu coração bate forte. Está tudo quieto e o vento sopra com calma. Ficará para sempre no livro das minhas recordações a grandiosidade deste encontro das coisas do céu com a terra virgem. Há muito trabalho a fazer e meus braços estão prontos.

A reação mais natural do mundo foi o aplauso efusivo. Papai venceu, papai venceu! Que orgulho para a família! E olha que foi apenas a primeira etapa, digamos assim. O que nos aguardava? Não estava sendo apenas uma leitura, mas um tempo e um sonho que voltavam novamente.

— Vovô era fodão! – O tom exclamativo de Maurício causou risadas.

Catarina também se manifestou:

— Que emoção para ele na época e agora o mesmo para todos nós! Tempos depois, suas mãos me salvaram... – ela não conseguiu segurar as lágrimas. – Não se preocupem, são de alegria...

Milena:

— Vamos continuar, gente! Estou curiosa.

— Apoiado! – disse eu.

— Querem saber, sugiro que mamãe seja a única a ler. Ela lê muito bem. Alguém contra? – perguntou Celeste, olhando rapidamente para cada um de nós.

Um silêncio chegou para mostrar que ninguém foi contra, nem mamãe:

— Já que é assim, continuo – ela disse, delatando um tom de enorme prazer.

A partir daquele momento, mamãe assumiu a leitura do diário. Apenas em algum momento de emoção ou para dar uma respirada, um de nós ajudaria, assim foi decidido.

Brasília, domingo, 28 de abril de 1957 – Duas horas depois

A quantidade de poeira foi tanta que não dava para ver nada além de alguns metros. De surpresa levantou ferozmente um redemoinho provocando uma gritaria muito mais de brincadeira do que reclamação. A volta da calmaria foi o sinal para a volta ao trabalho duro; eu e Valente no meio dos pioneiros. Estranhos no ninho e alvos de olhares rápidos de estranhamento. Concluí que foi por causa de um cavalo no meio de ferragens e cimentos. Não demorou e veio um bigodudo me oferecendo trabalho. Abriu a última folha da prancheta e listou as oportunidades. Não me identifiquei com nenhuma. Um dos homens se aproximou e me disse que se não escolhesse, eu ficaria sem ter lugar no alojamento. Acabei pensando melhor e escolhi começar como ajudante de pedreiro. Em seguida, ele me indicou um moço que cuida de cavalos. Aí fiquei sossegado. Fui mandado para o barracão do serviço de identificação. Depois de ter minhas informações numa ficha, voltei para o canteiro de obras.

Achei agora meu lugarzinho na cama grosseira e colchão de capim. Alojamento onde não caberá mais nem um mosquitinho. Terei uma noite de roncos e cheiros de outro mundo, mas estou aqui no meio dos verdadeiros heróis e me sentindo um deles. Antes de fechar meu caderninho, quero registrar que pensarei muito, muito na minha situação. Boa noite, na medida do possível. Sim, não esqueci do Valente. Espero que passe a noite ao lado de uma bela égua.

O sono está custoso de aparecer. Estou ouvindo histórias de lamento de rostos sumidos no escuro. Quando um acaba, começa o outro. Casos de passado recente, já como saudade dóida, de povo que deixou seus queridos para trás em busca do sonho e sente a carência do desabafo. Meu caso é mais novo e quero evitar contar sobre ele. Não consigo mais usar meu chapéu para esconder a vela. Já teve reclamação. Minhas anotações por ora terminam aqui. Desejam o negrume para esconder as lágrimas. P.S.: as dores que sinto nas costas, penso ser muito mais por causa das sacudidas e apertos do Fenemê. O canteiro de obras fica a três quilômetros daqui.

Brasília, quarta-feira, 1 de maio de 1957

Eles se ajudam mutuamente e ninguém fica de fora. Essa está sendo a minha melhor impressão. E a conversa que mais escuto se refere à esperança de um futuro melhor. Se de um lado vejo a alegria dos homens, do outro o silêncio triste das árvores retorcidas das redondezas e suas lágrimas. Sabem que estão vivendo seus últimos dias. Não posso deixar de anotar que Juscelino chegou do Rio e passou por aqui logo ao amanhecer para animar a todos nós. Vi o Gigante pela primeira vez. Minhas pernas tremeram, mas minha boca, e a de todos, não parava de sorrir. Pelo jeito, o Presidente tem mais admirador do que posso imaginar. O homem é uma máquina de risos, abraços e otimismo. Quando ele pede trabalho duro e pressa, as dores no corpo desaparecem como num milagre. Feriado aqui não existe.

Brasília, sexta-feira, 3 de maio de 1957

A vida de ajudante até que não é tão amarga assim... Considero como um curso, quando aprendo coisas novas e ainda recebo por hora trabalhada.

Acabamos de ser dispensados do expediente. Nem havia começado a labuta do dia. É para vestir a melhor roupa e aguardar o caminhão. Haverá missa. Disseram que é a primeira em Brasília, marcada para depois das onze horas no ponto mais alto da cidade. Volto depois...

Nunca vi tanta gente alinhada e importante na minha vida! Também o tanto de avião no céu. Congestionamento na estrada de Anápolis. Progresso. E o melhor: fiquei sabendo que em uma semana terminarão a ligação por terra entre Luziânia e o palácio do Catetinho. Ninguém mais precisará sofrer nos desvios selvagens. Luziânia ficará a pouca distância e poderei visitar meus queridos de automóvel. É a melhor notícia para mim.

Sobre a missa... Um Cardeal de São Paulo, muita gente de branco no bonito altar coberto por lona, freiras, muita gente, muita gente, coisa de 15 mil almas. Eu no meio, orgulhoso. Confesso que o que mais me impressionou foi a imagem dela, de Nossa Senhora! Adorável mãe de Jesus carregada triunfalmente no meio do povo e das mais altas autoridades. Escolhida de forma maravilhosa como a Padroeira de Brasília. E o Presidente? Sim, todo feliz diante do altar. Eu um pouco mais longe, igualmente feliz. Também a cruz de madeira colocada em ponto bem localizado, a visão da imensidão de chão batido numa esplanada, da poeira vermelha do cerrado e a certeza do nascimento de uma grande cidade, capital da esperança, acalentaram meu coração.

Ainda sobre a cruz de madeira: enquanto admirava sua imponência, lembrei-me de ter ouvido uma conversa sobre uma importante autoridade, um marechal, desejar que o nome da nova capital fosse Vera Cruz. Não pegou; não sei se graças a Deus ou ao Presidente.

Brasília, quarta-feira, 15 de maio de 1957

Ligaram Luziânia ao Catetinho. Uma estradinha de terra batida. O progresso pede passagem. Penso eu que já estão preparando terreno para a futura rodovia. Recebi a notícia da boca do Sr. Antônio, o Tonho, o homem bigodudo da prancheta, agora há pouco. Dei um grito. A minha expressão de alegria e a exclamação exagerada provocaram risos na turma. Quando expliquei o motivo da euforia, recebi aplausos. Muitos abaixaram a cabeça e eu sei o porquê. Nem todos poderiam visitar a família. Compreendi e também abaixei a minha em sinal de respeito.

Essa notícia me deixou eufórico e agora não sai da minha cabeça a ideia de comprar um automóvel. Pensei muito e escolhi comprar um jipe. Minha família ficará orgulhosa, eu sei. Hora de usar *minhas economias tão bem guardadas. Sim, graças às minhas vaquinhas de leite e meus produtos vendidos em Unaí e Paracatu. O homem precisa ter coragem, honestidade e trabalhar para vencer.*

— Vovô era muito massa! – elogiou Milena.

— E como! – reforçou Maurício.

Concordei. Concordamos.

Mamãe deu por encerrada a leitura. Próximo encontro dali a duas semanas.

19

Introduzi-me silenciosamente na sala do apartamento e foi possível ouvir a conversa entre Celeste e Maurício na cozinha. Apurei os ouvidos.

— Por que a senhora levou a gente, eu e Milena, tão pouco para a Aldeia?

— Coisas da vida, filho. O tempo passa tão rápido e tudo anda tão corrido... mais ou menos isso. A roça acaba ficando em segundo, terceiro plano.

Poderia apostar que meu sobrinho não gostou da resposta. Acertaria. Depois de um breve silêncio, ele disse:

— Mamãe, isso não é justificativa. A última vez que vi minha bisa – mãe, não conheço ninguém com uma bisa com 102 anos – e os outros parentes já deve ter uns dois ou três anos. E a senhora não deixou eu ir com tia Maria por medo de bichos, cobras...

Minha irmã respirou fundo, com força, deu para ouvir.

— Sabe, filho, vou falar algo mais perto da realidade. Não sou louca por roça como Maria Helena, ou Saulo, reconheço até com tristeza. É que tenho meus traumas, acho que é por aí. Também o ciúme terrível do seu pai. Ele não ia e não queria que eu fosse.

Ela continuou:

— Quando eu era criança, passei por uma situação daquelas que não desejo para ninguém. Foi na Aldeia. Vovó me pediu para levar a mucuta com a comida, água e café para o tio Amintas, irmão mais velho de papai, já falecido, você sabe. Ele preparava terreno para o plantio de verão.

Maurício interrompeu:

— Pelo amor de Deus, o que é mucuta? – disse, rindo.

Eu ri junto, baixinho.

— Uma sacola de pano, muito usada no interior, nas roças, mas antigamente, acho. Embornal.

— Ah, sim. Continue, mamãe, estou começando a gostar de ouvir histórias.

Imaginei que Celeste fizera uma cara de contentamento na ocasião.

— Então... Estava orgulhosa por vovó me ter confiado aquela missão. Amintas não estava muito longe. Penso que foi por isso. Porém, ai, ai, tinha um pequeno pedaço de mata fechada no meio do caminho. Minha alegria em levar a comida para meu tio querido não deu espaço para qualquer tipo de receio.

— Imagino, mamãe. O que aconteceu? Conta, conta!

— Acredite, um enorme lobo saiu da mata a uns dez metros. Bem na minha frente. Ele ficou parado no meio da estradinha e me olhando; com certeza me estudando.

— Nossa! – exclamou Maurício. Isso foi loucura!

— Minhas pernas tremiam e não sei como não deixei cair tudo no chão. Na verdade, estava paralisada. O bicho ficou me olhando fixamente. Como viu que eu não oferecia perigo e nem era um bom almoço – assim pensei depois – ele continuou seu caminho e entrou no outro lado da mata, desaparecendo nas sombras. Eu não conseguia me mexer nem gritar, nada. Não gosto de lembrar da cena, pois me dá arrepio até hoje.

Voltei a andar.

— Boa tarde, meus amores!

Celeste arregalou os olhos e abriu a boca.

— Que susto! Como não percebemos sua entrada nem ouvimos nada?! – ela perguntou com os olhos arregalados.

— É que agi como uma gata – brinquei. – Quando ouvi que tinha uma conversa, achei por bem não atrapalhar de imediato.

— A sua bênção, tia! – pediu Maurício.

Simplesmente não acreditei. Nunca ouvira tais palavras saindo da boca do meu sobrinho. Se demorasse mais um pouquinho para me manifestar, acharia que foi uma brincadeira ou até gozação.

— Deus te abençoe!

Mas Celeste não conseguiu se segurar:

— Filho, que milagre foi esse? Pedindo bênção...

Maurício ofereceu uma risadinha e respondeu:

— É que andei pesquisando o comportamento das famílias de antigamente. Vi que os filhos pediam a bênção para os pais e achei interessante. Quis imitar.

— Imite sempre, Maurício, isso faz bem para quem pede e para quem dá. Será influência do diário do seu avô? – perguntou minha irmã, abrindo um sorriso.

— Até falei na sala sobre o registro que vovô fez das suas aventuras. E eles ficaram curiosos.

— O motivo da minha visita é para saber como estão; se tem alguma novidade por aqui. Ah – disse olhando para Celeste –, você se esqueceu de dizer que devido à sua altura na época, o lobo parecia ser enorme. Se fosse hoje, nem tanto – opinei.

— Sem dúvida. Foi muito mais assustador por esse motivo, sim.

— Mas seria isso a causa maior de você não gostar muito de roça? Para mim, essa história do lobo era coisa esquecida por você – disse eu.

— Fala, mamãe – pediu Maurício.

Celeste levantou a cabeça para achar palavras.

— Pelo jeito tenho de falar mais coisas. Não é o motivo principal, tenho certeza, o encontro com o lobo. Vocês sabem muito bem que detesto e morro de medo de baratas e aranhas, que fico toda irritada com pernilongos e moscas, mas o cardápio principal dos meus temores é representado pelas cobras. Sei que não sabem do tamanho do problema. Então digo: eu me arrepio toda e posso entrar em pânico até se for uma foto de alguma. Juro que não é exagero. Todas as vezes em que fui visitar nossos parentes da Aldeia, tive de lutar para disfarçar esses temores, de criar coragem. Tudo em silêncio para não estragar a festa, entendem?

A minha expressão de rosto e a de meu sobrinho indicaram que sim, que entendemos, e até lamentamos. Sem dúvida, Celeste precisava de superar esses temores, pensei. Também que a ajuda não seria minha, mas de um bom atendimento especializado.

— Ainda bem que você não tem pavor de cachorros, pois teria muitos problemas aqui na cidade – disse eu, brincando.

Celeste riu e fez expressão de que concordou.

— Mamãe perde a chance de pintar cenas da natureza – observou Maurício.

— Sim, filho. Sei disso e fico triste. Quem sabe um dia eu deixe de pintar somente rostos humanos.

— Esqueça os bichinhos e comece pelos jardins. Lá em casa tem um lindo, você sabe!

— Irmã, vou aceitar sua sugestão – disse Celeste, com um sorriso lindo.

Pensei no quanto o humor de Celeste melhorou. Ela não sorria tanto. Não tive dúvida de que um dos motivos foi o retorno do bom relacionamento com Saulo. A propósito, não sabia se ele a perdoara. Não com sorrisos e abraços de irmãos, mas com palavra, palavra oficial de perdão, se é que poderia chamar assim. Achei melhor não tocar no assunto.

— Cadê mamãe? – perguntei.

— Adivinha! Ela está na área de lazer do condomínio. Com quem? Eita pergunta fácil de responder. Com dona Lourdes. Para ser completa, apareceu uma outra senhora. Não sei o nome, mas é daqui também.

— Vovó está com tudo! Parece uma adolescente que não para em casa! – exclamou Maurício.

— Graças a Deus! – disse eu.

— Quando será a próxima leitura? Esquecemos de marcar data.

— Celeste, será em breve, com certeza. Vamos combinar.

20

— Que tal mudarmos nossos planos? Há também muitas lojas na avenida e o tampo está convidativo para bater pernas. – disse Catarina, olhando para mim como se esperando a minha aprovação.

Fingi estar pensativa sobre o assunto, mas logo minha cara disse que sim.

— Você sempre vence, amiga. Acho uma ótima ideia e o shopping pode esperar por outra ocasião. Estou mesmo precisando de caminhar, ver lojas, pechinchar e até matar saudade da W3 Sul. Por que não, né?

A avenida W3 Sul teve seus dias de glória como cenário da vida social e econômica da capital federal. Pensava nisso enquanto procurávamos um estacionamento.

— Faz muito tempo que não venho aqui. Então, será uma caminhada sentimental – Catarina disse com brilho dos olhos. – Não de verdade, andando pelas calçadas, vendo gente, o comércio, conversando com pessoas, entende? Agora teremos a oportunidade de conferir como andam as coisas.

Estacionamos na W2, rua ao lado da avenida. Catarina voltou a falar:

147

NATANAEL DE ABREU

— Nossa! E saber que já morei aqui nas quadras 700, na minha infância e juventude. Depois da nossa mudança, no final dos anos 90, pouquíssimas vezes estive aqui, a não ser passando de carro. Isso não vale.

Começamos pela primeira quadra, a 502. Brasília bem que poderia ser, além da capital do Brasil, a capital da Matemática, pois a álgebra fala alto na cidade, com suas letras e números. Também as formas geométricas da arquitetura de muitas construções. Avenida W3, Super Quadra número tal no Plano Piloto. Em Águas Claras, rua 21, por exemplo, fiquei pensando. Eu estava bem adequada para uma caminhada. Usava um confortável tênis e roupa leve. Já minha amiga Catarina, nem tanto. Clássica, elegante como sempre. Se ela usasse um chapéu cloche e o corte de cabelo curtinho, diria que ela teria vindo diretamente dos anos 1920, numa bela viagem no túnel do tempo, desfilando triunfalmente a sua beleza. Pelo menos ela não estava de sapato alto, pura sorte. Assim começamos nossa aventura de consumo, posso dizer assim. Eu desejando roupas em geral, minha amiga desejando principalmente bolsas.

Percorremos as quadras 503, 504 e 505. Sem novidades que atendessem nossos grandes desejos. Catarina observou:

— É até compreensível que a W3 não é mais palco para o carnaval, por exemplo. O que lamento é não ter mais aquela bela quantidade de bancas de revistas e jornais, além de muitas lojas fechadas.

— Eu também lamento. E muito.

— Sabe, não vamos ficar falando que é saudosismo ou coisa parecida. Tem cena que não conseguimos esquecer. Vou citar uma que pode parecer boba, mas se tornou inesquecível nem sei o porquê. Papai era frequentador assíduo de uma dessas bancas, daqui, desta avenida. Ele gostava quando eu estava junto. Tinha tantas regalias que o dono até colocava uma cadeira para ele ler o jornal ao ar livre, tomando sol, bem ao lado e na calçada. Acho que ele nem precisava pagar pelo jornal. Penso que era uma cortesia porque papai sempre comprava as principais revistas da época. Eu rezava para chegar o momento de devorar todas

148

elas – disse ela, fechando os olhos, como fosse para se lembrar de algum daqueles periódicos.

Como ela demorou para continuar o assunto, eu tomei a palavra:

— Continue, estou curiosa – disse eu, beliscando levemente a amiga. Voltamos a andar.

— Quando passava perto de uma banca de jornais e revistas, ficava imaginando papai lendo calmamente o principal jornal da cidade; sentadinho, feliz. Era inevitável e eu acabava mandando um beijo para ele. Se alguém visse, pensaria que eu era uma doida. Parece que as coisas mais singelas são as que guardamos com mais carinho na memória e se tornam inesquecíveis. Essa imaginação acontecia muito após sua morte. Hoje não ocorre mais. Acho que pela falta das bancas – disse ela, rindo levemente.

— Já eu – disse, interrompendo Catarina, louca para também citar alguma lembrança minha –, também não me esqueço das manhãs de domingo, quando mamãe arrumava os filhos para a missa da manhã. Aquelas roupas das ocasiões mais especiais, cabelos arrumados, perfume discreto, meias brancas e sapatinhos brilhando. O gostoso era se sentir linda e charmosa. Ansiosa para ouvir as palavras de Deus e as músicas na igreja. Achava o máximo a moça tocando piano. O coral. Lembro-me de Saulo, todo arrumado com a calça curta e cabelos rigorosamente penteados. Eu tinha ciúme de Celeste, pois achava que ela estava sempre mais linda do que eu. Meu Deus, o que está acontecendo com a gente! De repente estamos nostálgicas. O que é que tem, afinal? Ou melhor, por quê?

Catarina me olhou de soslaio e fez uma cara de sapeca que me fez ver nela a jovenzinha que sempre me acompanhava nos momentos mais preciosos das boas amizades.

— O que tem? Penso que estamos carentes da beleza, da educação fina, dos momentos emocionantes da infância e da juventude, da vida. Das intermináveis conversas com as amigas, sem as redes sociais desviando o foco. Entende? Das risadas fáceis, fora dos *kkks,* Da atenção nas coisas simples, sabe... Acho que é por aí – disse Catarina.

Como não havia nenhuma loja de interesse por perto, o assunto foi rendendo.

— Concordo plenamente e acrescento: da ida aos cinemas. Aquelas filas intermináveis, burburinho, as fofocas juvenis e adultas. Teatro. Bibliotecas. Não que não existem mais essas coisas, compreende? Meu Deus, por que estamos falando do passado?

Depois pus-me em breve silêncio. A pausa repentina na conversa permitiu que eu observasse que não haveria lojas de grande interesse. Desviarmos para o comércio local das entrequadras seria uma ótima alternativa. E foi o que fizemos.

— Teremos muitas opções aqui nas trezentos. Não dá para irmos no comércio local das quadras 100. Oh, meu Senhor, como o carro está fazendo falta!

— Catarina, a proposta foi de fazermos caminhada, esqueceu? E não vamos pedir um táxi. Vamos gastar sapatos e fazer calos.

Ela riu, claro.

— Sua boba, é que meus sapatos já estão incomodando. E não estou reclamando, não sou uma velha chata.

Eu saí com essa:

— Pensa que não percebi? A sua elegância e beleza estão chamando a atenção, principalmente dos homens. Muitos segurando a boca para não lançarem um assobio – ri.

Catarina não me acompanhou no riso.

— Bondade sua... Pobres de todos nós, meros mortais. Hoje em dia, sentem muito receio de expressarem seus sentimentos e nós, as mulheres, sentimos falta das manifestações de admiração, da admiração respeitosa – disse Catarina, surpreendentemente em um tom próximo do sério.

O TESOURO DE NICOLAU

Alguns segundos de silêncio me fizeram pensar que era hora de mudar de assunto. Pensei que o comentário bobo não fora adequado e que fora, na verdade, uma rata. Se fosse uma cena de um conto ou romance, arriscaria que os leitores também pensariam assim, em se tratando de alguém como Catarina. Eu perdoei-me e lembrei que o momento era para pesquisas e compras; mas como nós adoramos falar e falar, resolvi falar de Raquel:

— Minha amiga me ligou ontem. Ou melhor, nossa amiga. Conversamos sobre a escola, lógico, e também sobre você. Ela me agradeceu pelo encontro na sua casa e a Deus pela nova amizade.

— Que maravilha! Nossa amiga, sim! Ainda bem que você corrigiu – disse Catarina, com ar de alegria. – Espero conhecer a casa dela, a família. Precisamos aumentar as amizades.

— Depois poderemos fazer um jantar para ela, que tal?!

— Acertou na mosca! Vamos, sim, vamos. E vai ser lá em casa, exijo.

— Sem objeção – anunciei como se para uma plateia. – Você sabe que adoro a sua casa.

— Vamos organizar. O cardápio será por sua conta. As arrumações por minha. Combinado?

— Sim – eu concordei na hora.

Chegamos na vitrine de uma loja de bolsas. Os olhos de Catarina cresceram. Não foi ali que ela se encantaria com alguma, nem os argumentos da vendedora seriam suficientes. Seguimos.

21

Brasília, segunda-feira, 10 de junho de 1957

Quase um mês para conseguir comprar um jipe. Usado, eu sei, mas tinindo para pegar estradão e muito experiente nas lamas, nos buracos e nas poeiras. Comprei ontem, numa feirinha improvisada. Tinha muito mais interessados em comprar do que proprietários em vender seus automóveis. Fui rápido no gatilho e não deixei passar a oportunidade. Agora estou pronto para rever os meus queridos e matar as saudades que me estão machucando. Não posso deixar de escrever que está uma friagem danada, mesmo no meio do dia, hora do almoço. Se aqui está assim, imagine na minha roça. Meu Deus, estou orgulhoso por escrever este diário e por ter comprado meu primeiro automóvel. Por sorte, aprendi a dirigir com meu padrinho e fui seu chofer durante o tempo em que ele ficou impossibilitado. Dei carona para o Zé Ribeiro, um novo amigo. Foi buscar o jipe comigo. Ele é paraibano e zombou muito por causa das barbeiragens que cometi. Quando cheguei aqui, recebi aplausos e fui chamado de rico. Tive de levar tudo na brincadeira. Não posso contar o meu segredo para ninguém, que é o desejo de trabalhar por conta própria. Isso aqui para mim é por um tiquim de tempo. Ter um carro vai me facilitar as coisas. Enquanto isso vou ajudando a realização do sonho do nosso querido Presidente JK. Sinto orgulho.

Pensei muito durante a solidão da madrugada gelada, no meio de roncos e cheiros. Zé Ribeiro me disse que podemos montar barracos no cerrado. Falou que tem outro companheiro com a mesma ideia na cabeça. Topei na hora, pois já não aguento mais os percevejos dessas camas de pau. Não preciso nem escrever sobre as outras condições. Agora sei, com mais luz, da vida boa que tinha na roça. A única melhoria para mim foi a energia elétrica. Saí da lamparina e fui parar nas lâmpadas amareladas. Mesmo a energia caindo quase todos os dias, estou feliz. Na semana passada foi preciso a luz dos faróis de cinco caminhões para o turno da noite. O progresso não escolhe hora e não pode parar. Tenho meu jipe, ainda alguma economia e muita disposição. O trem está bão demais e a hora é de mudança.

Ganhei um presente. Tinha um monte de revistas sobre a mesa de um dos diretores. Ele percebeu que eu não parava de espiar e que meus olhos brilhavam. Eu parecia um faminto diante de uma mesa farta. Acho que teve dó de mim e me disse que poderia ficar com elas. Agradeci com vontade. Eram cinco belas capas.

Hora da labuta. Deixei meu jipe no terreno limpo aqui perto. O Tonho descobriu que eu sei escrever, pois ficou muito na cara meu isolamento para me dedicar a este diário. Ficou admirado com minha letra. Fiz que não queria que ele lesse, apenas olhar de longe. Ele riu e compreendeu que era assunto somente do meu interesse. Em seguida, disse que falaria comigo depois.

Brasília, quarta-feira, 12 de junho de 1957

Fui chamado para ir ao escritório bem no início do expediente. Meus companheiros ficaram desconfiados de alguma coisa. Um deles buzinou que eu estava lascado. Devolvi com um riso forçado. Lá chegando, a primeira coisa de importância foi ver o senhor Antônio com sua prancheta e seu exagerado bigode. Conversamos em pé mesmo:

— Preparado?

— Depende, sô! Se for para trabalhar, estou –respondi.

— Assim que eu gosto. Amanhã você começa a acompanhar o Sr. Augusto. Trabalho de anotar tudo o que ocorre de importante no canteiro. Em pouco tempo você estará pronto para tomar o lugar dele. Anotador de obra. Fazer registros para a empresa, para os engenheiros, compreende?

— Por que eu?

— Quem sabe ler e escrever vale ouro por aqui. Você ajuda o pessoal a redigir cartas para os parentes distantes. Ouve e escreve, claro. É que é muito querido. Vi uma das cartas e fiquei impressionado com a precisão nas palavras. Não podemos desperdiçar uma capacidade dessas. Em breve você será o nosso anotador. Augusto não dá mais conta do serviço. Ele está muito debilitado.

— Sim, senhor.

— Anime-se, o serviço é mais leve, terá um bom aumento no tutu e vai poder dormir num barraco bem melhor. A partir de hoje. Você tem futuro, mocinho!

— Muito obrigado.

— Pense bem, rapaz! Igual à nova capital que está chegando, um futuro brilhante.

Saí meio sem jeito e sem dizer mais palavra.

Um fenemê carregado de heróis chegou assim que ganhei a terra batida. A futura capital fervia e J.K. sorria, cheio de certezas muito além das esperanças.

Volto ao meu caderno de anotações. Meus amigos me acharam estranho, na certa, pois não os acompanhei nas cantigas enquanto trabalhávamos e nem contei uma anedota que fazia morrer de rir as bocas, umas certinhas, outras banguelas. Fiquei mais calado do que de costume. Ninguém ousou soltar pergunta. Penso que o finalzinho da vela não vai incomodar ninguém, pois escuto milhares de roncos cansados. Sinto-me melhor aqui, com os companheiros de labuta. A noite está pesada, tanto no *gelo da temperatura quanto nos meus pensamentos decisivos. Escrevo assim, porque não encontro palavras melhores. O que quero dizer: preciso com força visitar os meus e também decidi que vou sair. Como poderei começar a nova tarefa quando amanhecer se tenho outros planos e desejos? Sinto falta de mulher. De verdade. Foi divertido, mas meu tempo de namoricos e agarramentos bobos na roça acabou. Minha idade pede desesperadamente o carinho de uma senhorita, uma namorada firme. Ficar socado no acampamento e trabalhando feito um louco, assim nunca conquistarei um amor. Então, decido agora, com o testemunho de Nossa Senhora, que falarei com o chefe amanhã e explicarei tudo direitinho. Preciso dormir para acordar com uma boa expressão no rosto. Durma com Deus, Nicolau! Boa noite, querido diário!*

Mamãe fez uma pausa na leitura, abriu um sorriso e continuou.

Brasília, futura capital, quinta-feira, 13 de junho de 1957

Achei mais interessante escrever Brasília, futura capital... Sim, tudo aqui ainda é um sonho distante, terra nua, poeira, poeira, poeira, barros e povo suado, e povo chegando aos montes. E novas obras pipocando em todos os lados. Vi, ao longe, Juscelino acompanhado de alguns homens. Apontava para o horizonte e parecia tranquilo. Também fiquei assim quando encontrei o Sr. Antônio, o Tonho para os pio-

neiros. Logo de manhãzinha:

— Chefe, agradeço a recomendação. Pensei muito e tomei uma decisão – fui direto.

— Pois não...

— É que tenho outros planos.

A conversa durou menos de cinco minutos. Tudo aqui voa. Pedi ali mesmo minha demissão. Ele não gostou, mas compreendeu bem a minha situação. Ficou combinado que ainda eu trabalharia por uma semana.

Brasília, futura capital, sábado, 22 de junho de 1957

O dia tão esperado da viagem chegou no dia de hoje. A despedida dos companheiros foi rápida. Fiz de tudo para não transmitir tristeza. Agradeci pela camaradagem, pelos momentos duros de trabalho e também pelos momentos de descanso. Ficaram imóveis e de olhos arregalados. Sabia que o tempo seria curtinho para minhas palavras, então prometi que não sumiria, que estaria sempre por perto. Foi o momento em que muitos sorriram, mesmo um sorriso meio sofrido, amarelo. Alguns fizeram um olhar de indiferença, compreendi. Retornaram aos serviços. Senti que ninguém é insubstituível.

Voltei ao diário para anotar que não podemos alimentar uma dúvida (ou mais). Caso contrário, aquilo não sai de nossa cabeça e nos faz muito mal, principalmente se for dúvida de algo pesado. Graças a Deus não é o meu caso, pois não tenho a menor dúvida de que estou no caminho certo na realização *dos meus sonhos.*

Eram duas da tarde, momento de partirmos. Imaginara meu jipe bem arreado, como se fosse o Valente. Ri da bobagem. Também em vender meu cavalo. Desisti, pois a consideração falou mais alto. O reencontro com meu amigo provocou-lhe uma lágrima. Juro que vi. Ele pressentiu que voltaria para os seus amigos; os animais nos surpreendem às vezes. Esse acontecimento ocorreu quando abracei seu pescoço e depois o puxei para a caminhonete. Explico melhor: um engenheiro da obra vizinha, o Marcos, ficara sabendo que eu faria uma viagem. Quando lhe contei que era para a roça e não para Anápolis, ele ficou animadíssimo e desejou me acompanhar. Quase me implorou quando falei da Gruta do Sapezal. Ele é apaixonado por cavernas e não queria perder a oportunidade. Dono de uma caminhonete das antigas, robusta e pronta para qualquer desafio, ficou fácil para eu pedir para que levasse meu cavalo. Aceitou na hora.

Mamãe dera sinal de cansaço na voz. Hora de parar a leitura, muito mais porque ouvimos a campainha. Era dona Lourdes. Ai de nós se ela ficasse sabendo do diário. Mais uma rodada cheia de emoção e ouvidos atentos. Pena que Catarina não pôde participar, mas prometeu que não perderia as próximas por nada do mundo. Fomos aos comes e bebes com alegria na alma, mas segurando a língua.

22

O jantar foi maravilhoso, digo de passagem. Nem preciso comentar sobre a elegância da mesa farta e a educada reverência feita por Catarina a cada um de nós assim que chegamos. Com um sorriso receptivo, ela nos cumprimentou. Antes de nos deliciarmos com cada item do cardápio, ficamos na parte de cima da casa em alegre e proveitoso bate-papo:

— Que cheirinho bom! – exclamou Raquel. – A rua toda deve estar sentindo.

— Sugestão da nossa Maria Helena – disse Catarina, com um tom alegre na voz.

Ergui o meu olhar, em sinal de reflexão. Achei as seguintes palavras:

— A comida mineira fala por si. Esse cheirinho bom é do torresmo, com certeza. Mas vamos é elogiar esta vista linda de tudo em volta. Dá até para ver os prédios altos de Águas Claras, quase para ver mamãe – brinquei.

— E essa bela natureza em volta... mansões do *Park Way*... – completou Raquel.

— Chega de elogios! Quero mesmo saber é das últimas do diário do nosso Nicolau.

161

— Com prazer, Catarina! Como não ficar empolgada quando se tratar das coisas de papai... Bem, pena que você não estava presente. Não falte nunca mais, viu?! – disse eu, com voz divertida.

— Nunca! – prometeu minha amiga.

— Então, também estou curiosa sobre o tal diário precioso – acrescentou Raquel, quase sussurrando no meu ouvido.

Ficaram me encarando, como se ávidas para que eu começasse a falar. Atendi.

— Começarei pelo final. Achamos melhor as próximas rodadas serem na minha casa. É que temos uma vizinha, Catarina conheceu, que não perde uma oportunidade – ri – de fofocar. Ela é agradável, risonha, em um minuto capaz de falar sobre três ou mais vizinhos. Graças a Deus que tínhamos acabado de ouvir as últimas palavras e encerrado a leitura realizada por mamãe. Dona Lourdes não desconfiou de nada. Seria um prato cheio e delicioso para ela, se nos pegasse no pulo.

Minhas amigas riram do meu jeito. Continuei...

— O melhor foi ver a reação de Saulo quando ouviu sobre a necessidade de não ficar alimentando dúvidas. Mamãe havia lido pausadamente e meu irmão abaixou a cabeça, fechando as mãos bem entrelaçadas, com os dois polegares unidos sobre a testa. Ficou assim até o término da leitura que, aliás, foi por pouco tempo. Posso apostar que ele estava refletindo sobre o velho problema com Celeste.

— A cartinha.

— Sim, Catarina, claro.

— Será que... – Catarina não concluiu.

— A amizade com a irmã foi restabelecida, mas acho que a dúvida ainda não saiu da sua cabeça. Penso que estou dando a resposta para você. Pude sentir isso por causa da reação dele, do silêncio e da postura. E sei que isso está ainda fazendo mal para Saulo. Ele busca se livrar de vez da dúvida persistente. Sei que deseja isso.

— Sim – disse Catarina. – Era isso que estava na minha cabeça.

Olhamo-nos seguidamente, como se procurando palavras. A boca aberta de Raquel e a expressão nos seus olhos revelavam a sua curiosidade.

— Raquel, depois conversaremos sobre isso. O assunto é longo.

Ela fechou a boca.

— Bem, ainda sobre o diário – continuei. – Papai comprou um jipe, desistiu do emprego e se preparava para visitar a família. Estou muito curiosa e não vejo a hora de retornarmos à leitura.

— Meu Deus, parece uma novela deliciosa – brincou Raquel.

— Sim, sim! – concordei em voz alta.

Catarina levantou a mão e exclamou:

— Oba, acabo de receber o recado de que a mesa está posta para o jantar!

Sete dias depois, em uma manhã ensolarado de domingo, reunimo-nos debaixo da mangueira do meu quintal. A bonita expressão no rosto de Catarina indicava sua alegria de estar novamente presente. Mamãe estava com ótima disposição e empolgada. Pediu silêncio e iniciou a nova rodada de leitura.

Fazenda Aldeia, domingo, 23 de junho de 1957

A viagem foi regada a muito vento e muita poeira. Chegamos já quase meia-noite, quase hoje. Os motores provocaram os cachorros e fizeram Lindomar, irmão logo abaixo de mim, acordar. O restante da família e os agregados continuaram entregues ao sono pesado. Ele destravou a tramela e gritou:

— Ô trem bão, você chegou! E veio com visita!

— Sim, um novo amigo! Doutor Marcos. E o povo?!

— Roncando.

— Então deixa, amanhã mato a saudade!

Depois de festiva recepção, os cachorros subiram na caminhonete e ficaram ao lado de Valente. Reconhecimento pelo cheiro, eu sei. Não demorou e fomos pousar no conforto de ficar cada um num quartinho de roça, ajeitado com um criado-mudo e uma cama simples, mas aconchegante. Meu mundo, meu ninho.

Era ainda madrugada, quando ouvi os gritos de alegria de papai. Ele certamente caminhava para o curral quando iluminou o jipe e a caminhonete. Mamãe largou correndo o coador de café e foi ver a novidade.

— Jesus! Nicolau voltou! Graças a Deus!

Não teve jeito. Tivemos de pular da cama e começar o dia mais cedo. A primeira tarefa foi apresentar Marcos. Ele teve de fazer um resumo da sua vida para satisfazer os olhares curiosos e ouvidos atentos. Após as apresentações, fomos com força para a cozinha. O rosto de mamãe brilhava, enquanto terminava o café. Mesa farta e logo o velho bule esmaltado fumegando com o precioso líquido. Estava com os meus, com um novo conhecido, com o Valente prestes a retomar sua vida no pasto querido e até com um jipe. Eu era o caboclo mais feliz do mundo. A felicidade seria ainda maior se o restante do povo estivesse sentado conosco (a vantagem de gostar de ler é que aprendemos palavras bonitas. Achei chique colocar "conosco" no meu caderninho). Quando percebi que ninguém aparecia, perguntei:

— Onde está o restante, mãe?

— Joana foi para Unaí. Volta hoje no caminhão do leite. Lindomar está na cama e Amintas não esperou o café e já deve estar na sua labuta do dia. Os outros — mamãe riu —, daqui a pouco vou pegar o chinelo.

— E eu a correia — disse papai, seu tom dizendo muito mais que a alegria pela nossa presença o faria perdoar se os agregados dormissem até o meio do dia. — Daqui a pouco tenho de ir para o curral.

— Ajudo o senhor, pai.

— Não, Nicolau. Sua lida hoje é com seu amigo.

Quando tudo em volta ganhou as cores do amanhecer, iniciei o trabalho de soltar Valente. Depois, eu e o Marcos (já era de casa, assim achei e tive impressão) fomos dar milho às galinhas e lavagem aos porcos. Antes, eu vira uma alegria no rosto de papai, que lhe não era habitual, e isso me deixara mais fortalecido. Eu estava, de certa forma, aumentando as fronteiras das conquistas que ele começara muitos anos antes juntamente com os bravos. Poderia adivinhar que esse era o motivo do orgulho dele.

A Aldeia inteira bradava "Nicolau voltou". Essa era a imaginação que parecia se materializar nos meus ouvidos. Ria sozinho enquanto observava o caminhão do leite se aproximando com preguiça. Lá estava Joana. Joaninha para a família e os próximos. Mocinha no encantamento de ter 17 primaveras.

Sempre mantendo a linha, olhar meigo, sorriso brilhante mostrando uma covinha que a deixava ainda mais charmosa, tez bronzeada pelo sol do campo e cara de quem sempre está disposta a ajudar no que for preciso. Um encanto... Minha irmã! Marcos voltou a me encontrar assim que o Chevrolet parou para recolher o nosso leite. Ele passou também a espiar a chegada da minha doce irmã. Fui ajudá-la a descer da carroceria e lhe dar um afetuoso abraço de irmão. Escrevo essas palavras antes de partirmos para visitar a gruta e meus parentes do Sapezal.

Fazenda Aldeia, segunda-feira, 24 de junho de 1957

O dia de ontem foi completo. Meus queridos demonstrando um grande contentamento em me rever, e orgulhosos dos meus feitos até agora. Olhavam o jipe como se fosse uma taça de conquista de algum primeiro lugar. Comentei que era apenas o começo e que a nova capital estava me esperando. Minha mãe não gostou de ver derrubada a esperança de que minha volta seria definitiva. Porém, voltou a sorrir, penso que conformada, assim que prometi voltar muitas vezes e que a levaria em breve para conhecer o nascimento da nova capital, a Capital da Esperança, repeti com força, desenhando na mente as iniciais maiúsculas. Quando falei que poderia até ver o presidente, ela não se conteve de tanta alegria. Outro destaque foi quando percebi que meu novo amigo (sei que está cedo, mas *posso escrever assim), o engenheiro Marcos, não sossegava os olhos. A figura de Joana fez-lhe grande e boa impressão. Não emiti palavras sobre esse detalhe, pois primeiro teria de perceber se ela daria bola para ele; o que não ocorreu. "Sua irmã é maravilhosa", foi o que ouvi de sua boca. Teve coragem o homem, mas abaixou a cabeça quando percebeu meus punhos fortes e minha cara de bravo. Saber esperar é uma das boas partes da sabedoria de um homem.*

Sim, a Lapa. Marcos montou o tripé e tirou retratos da gruta e depois, de toda a minha família. A novidade assanhou a Aldeia e o Sapezal a ponto de ele ter de retratar o povo todo junto debaixo da nossa velha mangueira.

Voltaremos depois da boia. Joana prometeu que fará um angu de milho verde especial para nós. Minha barriga está roncando e não vai perder por esperar (estou rindo). Por falar em promessa, Marcos prometeu que voltará outras vezes. Pelo jeito, ele adorou estar aqui na roça. Já raiou o dia e os pintinhos não param com a piação em torno da casa. Hora de me levantar desta quentura da cama e matar mais saudades. Volto ao meu diário em Brasília.

Achamos por bem encerrar por aqui. Os assuntos da roça prometiam render muito. Saulo estava pensativo. Parecia prestes a falar alguma coisa que eu não conseguiria imaginar qual seria. Para nossa surpresa, ele levantou as sobrancelhas e exclamou:

— Vou falar com ela!

Ninguém compreendeu nem ousou perguntar.

23

O sol voltou a brilhar com força no dia seguinte. Eram nove horas quando meu irmão deixou sua posição na pizzaria e saiu de carro. Foi procurar por Rita. Na noite daquele mesmo dia, ele me procurou e estava louco para conversar. Deixemos o próprio Saulo falar:

"As palavras de papai sobre o problema de ficar mantendo uma dúvida me deixou muito pensativo. Matutei, matutei, revi todas as possiblidades e lembrei-me de que a única pessoa com quem eu não havia falado sobre as cartas era Rita. Não conseguia imaginar qualquer relação dela com a questão, mas mesmo assim achei que poderia valer a pena um encontro, independentemente do resultado. Nunca falei com ela sobre as cartinhas, mesmo durante nossa vida em comum. Acho que é compreensível, pois o assunto Angélica era coisa do passado e esposa nenhuma gostaria de seu marido falando de relacionamentos anteriores. Quem sabe ela poderia me receber bem, até porque nossa separação foi amigável, e ainda me dar alguma luz. Baseei na firmeza que papai demonstrava quando precisava decidir alguma coisa e repeti alto as palavras que ele sempre expressava: 'homem tem de ter coragem!'. Fui, com a coragem de um homem. Um vizinho da antes nossa residência em Taguatinga me deu as informações

169

de que precisava: indicou o endereço da loja que Rita comprara depois de vender a casa. Até do apartamento próximo da Comercial da cidade, onde ela estava morando. Fui até a loja."

Saulo fez uma rápida pausa para respirar profundamente. E continuou:

"Claro, ela levou um belo susto com a minha repentina presença. Sorri e abaixei a cabeça em sinal de saudação. A minha cortesia a deixou calma. 'Sente-se, por favor, Saulo', foi o que ouvi primeiramente. Comecei pedindo-lhe para que me ouvisse atentamente. Ela, então, achou por bem nos reunirmos na parte de cima da loja, onde teríamos mais privacidade. Subimos uma pequena escada e ficamos sentados num confortável sofá. 'Pronta para ouvir', foi o que me disse logo. Esqueci o roteiro que tinha imaginado para a conversa, principalmente o início. O meu incômodo a fez rir e isso acabou me deixando relaxado e corajoso para começar de qualquer jeito. Resolvi dar fim a qualquer traço de formalidade e falei de imediato das duas cartinhas. Nem precisei da leitura, pois sabia de cor e salteado cada sílaba, cada palavra. Notei que o rosto de Rita perdia cada vez mais a cor à medida que eu reproduzia na voz cada frase. Depois mostrei a foto e falei o que aquilo me causou. Meu encontro com o irmão da Angélica e como a farsa foi descoberta. E, por fim, eu acusando minha irmã Celeste como responsável por tudo. 'Meu Deus!', Rita expressou com a cabeça abaixada. Então... Então ficamos em silêncio por um bom tempo. Eu sem mais palavras e ela paralisada. 'Que doidice, por que motivo estou tratando daquele assunto com Rita', foi o que me veio à cabeça. Retomei a conversa disposto a deixar tudo bem claro. Daí falei que havia perdoado nossa irmã, mas a desconfiança ainda persistia na minha mente, coisa pequena que incomodava e não desgrudava. Procurei uma vez uma psicóloga conhecida e nada. 'Nossa Senhora, como quero meu relacionamento com Celeste sem esse problema na cabeça. Não quero levar para minha velhice essa dúvida. Quando estou na presença dela, faço de tudo para parecer normal, aquela amizade entre irmãos, entende? Porém, não consigo me livrar daquela sensação negativa que vem do fundo... Sei lá, algo assim. Parece que fico tentando fugir daquilo, sem conseguir. Não sei se estou sendo claro. Achei que o tempo eliminaria esse problema, mas vejo que não está ajudando em nada', disse para Rita. Depois dessas palavras, ficamos um bom tempo em silêncio. Notei que minha ex-esposa não conseguia mais disfarçar as lágrimas. Quando ela percebeu que não adiantava segurar, desabou a chorar. Não entendi o porquê do meu desabafo ter sido tão pesado para ela. Maria Helena, fique segura na cadeira para se preparar para o que vai ouvir agora. Rita levantou a cabeça e me encarou por alguns instantes. Depois, quase enrolando as palavras, me disse: 'Não é justo, Saulo; não é justo eu levar isso para o resto da minha vida, agora sabendo do mal que aquilo tudo te causou. Peço pelo amor de Deus para que você não mude sua postura e fique bravo comigo. Você me garante?'. Respondi de imediato que sim, mesmo não compreendendo o que ela queria dizer. Daí Rita criou coragem: 'Sua irmã não teve nenhuma participação, já adianto. Minha vontade incontrolável de conhecer melhor você, conquistar, atiçou meu pior lado, que nem mesmo eu conhecia direito, juro. Quando vi você com Angélica, ela visitando o escritório bem a minha frente, fiquei louca. Da minha mesa dava para ver os beijos e abraços. Vi que não eram tão quentes assim e comecei a pensar em como terminar aquele namoro morno e mostrar para você o que era uma mulher forte e apaixonada de verdade. Prometi que aquele fofo seria meu, você, lógico'. Maria Helena, escute, fiquei com o corpo tremendo e me segurando para poder cumprir o que havia prometido. Ela, com a cabeça abaixada, continuou: 'Elaborei um plano perfeito, se é que poderia dizer isso. Por favor, Saulo, está sendo difícil falar disso, mas peço a Deus que me dê forças... Então, meu plano foi usar meu corpo e minha inteligência, compreende? Muita gente não sabe sobre as surpresas que podem estar num saco de lixo. Eu sabia. Comecei a pegar suas anotações ali. Saulo, como você adora rascunhar um monte de coisas. E que letra bonita! O que mais me ajudou foi um caderno do seu segundo grau que achei. Bingo! Sua letra estava nas minhas mãos. Mas faltava a letra da Angélica. Paguei uma boa nota para um rapaz ficar sondando a caixa de correios da sua mansão do Lago Norte. Ele aprendeu rapidamente a pescar as correspondências com um fio de arame. Seguimos algumas vezes o seu carro até descobrirmos o endereço. Aquele malandro foi muito eficiente. Bastaram umas três ou quatro semanas para ele tirar fotos de duas cartinhas de Angélica e cuidadosamente devolver tudo direitinho para a caixa de correios. Pronto, letra dos dois pombinhos, assim eu dizia e ria'. Eu disse: 'Continue, Rita, antes que eu tenha qualquer trem, mas vou me controlar'. Ela continuou com coragem, já que não havia mais volta: 'Faltava algo forte, pesado. Daí pensei numa foto comprometedora. Numa das cartas, Angélica comentou sobre o seu desejo de visitar uma tia na Asa Sul. Deu o dia e a hora. Ainda me brindou com o endereço. Bolei imediatamente o plano fatal. Um teatrinho com Angélica nos braços de um outro homem seria perfeito. Não precisa nem dizer o que o dinheiro pode fazer. Um malandro e um fotógrafo profissional bem disfarçado fariam o plano ser perfeito. Então aquela foto foi uma armação. Eu vi tudo de longe, de dentro do meu carro. Meu Jesus, jamais faria aquilo de novo, juro, juro, juro'. Rita se descontrolou e caiu no choro novamente. Eu acabei ficando é com dó e deixei ela se recompor e continuar a confissão. 'Esperei alguns dias para fazer a armação das duas cartas, pois tinha de ter a certeza da sua ida a Goiânia. A crise entre vocês era certa, terminando ou não o romance. Imaginei que ela iria negar e você aceitar, mas a desconfiança não acabaria tão cedo. O rapaz colocou o envelope na mesma caixa de correios e enviou o outro para Goiânia. Depois, era só jogar meu charme em cima de você... Saulo, acho que não mereço o seu perdão, mas peço perdão a Deus. Foi um erro terrível e paguei caro por ele. Destruí seu namoro, destruí nosso casamento por causa do meu comportamento horrível, o desrespeito e tudo o mais. Se fiz um bem? Sim, fiz. Acabo de tirar um elefante de minha cabeça e penso que da sua também, mesmo dando a você todo o direito de me odiar para sempre. Agora fique numa paz completa com Celeste. Não sei de sua vida sentimental, mas desejo que encontre a felicidade verdadeira. Não sei mais o que falar'. Agora, minha irmã, sei bem o que muitos autores escrevem sobre uma pausa parecendo pesada, um silêncio profundo. Foi o que ocorreu entre nós a partir daquele final. Um silêncio profundo."

Minha reação foi abraçar meu irmão.

Depois de alguns minutos, criei coragem para perguntar sobre os momentos derradeiros daquele encontro entre dois corações partidos. Ele respondeu:

— Da minha parte, o espírito pesado foi dando lugar a um estado de euforia, se é que posso afirmar que foi assim mesmo. Deu-me vontade de rir, ou de rir e chorar ao mesmo tempo. Rita a mesma coisa. Ficamos ainda sentados por alguns minutos, até que eu tomei a decisão de ser o primeiro a tirar o corpo do sofá. Nenhuma palavra surgiu na minha boca. Comecei a sair da sala até ouvir uma voz trêmula às minhas costas:

— Você me perdoa, Saulo?

— Parece mentira, mas lembrei-me de papai, das suas palavras fortes. Então disse em alto e bom som que sim, que sim. E mais ainda: voltei, ajudei Rita a se levantar e dei-lhe um abraço apertado. Ela não conseguiu dizer nada. Então retomei o caminho de volta.

— E agora, o que vai fazer?

— Quero ver nossa irmã querida, assim que ela chegar de viagem.

— Perdoar alivia o espírito, não? – perguntei.

— Sim. E como...

24

assaram-se alguns dias e ainda eu trazia nos ouvidos as palavras de Saulo. Pensei sobre achar que Rita também se livrara de um peso e acabara fazendo um bem. E melhor ainda saber que meu irmão não teria mais aquele ar pesado de ter na mente a sobrevivência de uma desconfiança. Uma confissão, mesmo de algo ruim, pode trazer benefícios! Estava muito feliz e aguardando com expectativa o encontro com meus queridos, assim que Celeste voltasse de São Paulo, o que aconteceu na minha casa, quando reiniciamos a leitura do diário. Celeste chegara da viagem algumas horas antes, mesmo assim foi a primeira a chegar. Mamãe, de pé e de forma solene como sempre, assumiu o caderno.

Brasília, futura capital, segunda-feira, 1 de julho de 1957

A semana passada foi movimentada. Assim que cheguei da roça, comecei a organizar minhas coisas e montar meu barraco. Tudo foi construído no meio do cerrado, no começo de uma área da futura Asa Norte, conforme fui informado. Ouvi um senhor de nariz empinado dizer que ali era a asa morte, pois nada lá tem a não ser mato, cobras e outros bichos. Cabeça ruim de quem não entende das coisas da terra. Pensei que ali seria o lugar ideal, pois não ficava longe dos canteiros de obras e ninguém ficaria incomodado com a invasão, pelo menos por algum tempo. Morada provisória, como muitas coisas neste horizonte de cimento, tijolos, ferragens e barulho. Sim, tem mais gente querendo fincar seus barracos. Então, seremos eu, o paraibano e mais dois loucos.

Preciso registrar aqui: o meu amigo engenheiro já me procurou por duas vezes. Ele quer saber quando voltarei lá na minha Aldeia. Sei não, desconfio que ele sonha ser meu cunhado. Esse Marcos vai ter de capinar muito mato antes de alcançar os braços da minha irmã. Apenas sorri e dei alguma esperança, sem marcar data. Ah, ele me convidou para morar no barracão do pessoal mais graduado da construtora, pelo menos até eu me ajeitar melhor. Dispensei e agradeci.

O dia da estreia na minha nova moradia está sendo hoje. Já organizei tudo dentro de um espaço de uma salinha, um quarto um pouco maior e uma cozinha do lado de fora, pertinho da vegetação. Estou louco para usar pela primeira vez o fogãozinho a lenha. É pouco, nem chega perto do que estou acostumado, mas fará parte da minha história de vida. Disso terei orgulho. Escrevo agora sobre uma mesinha improvisada com algumas tábuas. Preciso ajeitar melhor uma arrumação para meus livros e revistas.

Zé Ribeiro atrasou sua viagem para me ajudar na obra. Mostrou ser um companheiro de verdade.

Já está na estrada para buscar sua esposa grávida no Interior da Paraíba. Disse-me que fará uma surpresa assim que retornar. Nem tenho ideia.

Começo a compreender melhor o sentido de tantos caminhões chegarem lotados de homens. Somente hoje vi uns cinco. Estou feliz, porque daqui tenho uma bela visão do que anda acontecendo no coração da futura capital. Por enquanto, estamos no corpo de Goiás, mas a alma é da Capital da Esperança, graças ao nosso Presidente.

Mamãe parou de ler e ficou em silêncio por alguns segundos. Catarina ofereceu-lhe um sorriso; eu bati palmas, logo seguido por todos, e ela respirou fundo. Seus olhos voltaram a brilhar, principalmente após minha sobrinha bradar "Força, vovó!".

A noite chegou e a escuridão tomou o seu lugar. Posso ver caminhões com os faróis ligados para permitir a continuação dos trabalhos nos canteiros de obras. Brasília não pode esperar. Eu, aqui no meu mundinho, apenas contando com uma vela acesa, um diário em construção e a vontade incontrolável de relatar os meus sentimentos e impressões. Parece loucura, mas a ausência de Valente fez deste caderno o meu melhor amigo. O meu jeito de não enlouquecer de vez por causa da solidão é escrever, escrever. Quem sabe minhas palavras escritas terão alguma utilidade futura para uma família que sonho em construir? Ou até mesmo para um museu? Estou rindo aqui, rindo de mim mesmo.

Antes que o sono pesado me pegue distraído,

quero anotar sobre minha primeira noite aqui, neste barraco simples, mas cheio de graça: cobras, há muitas pela redondeza. Se contar as que vi passando, deve ser umas dez desde terça da semana passada. Matei apenas uma jararaca. Ela estava muito brava e ameaçava dar um bote na minha perna. Era eu ou ela. Preferi eu, claro. Também muitos outros animais rondando. Penso que estão nervosos por causa do barulho dos homens, desconfiados do fim próximo. Coitados, fazer o quê? Deixei que minha mente voltasse anos antes para saborear as palavras da minha mãe, que dizia: "Filho, quando andar no mato, não tire os olhos do chão, por onde vai pisar e para os lados". Ela se esqueceu de alertar também para os galhos das árvores. Ali também pode estar, bem disfarçada, uma cobra. No caso da jararaca, ela estava na cozinha.

Já que perdi o sono, quero agora pensar sobre o que vou fazer daqui para frente. Tenho bom tutu no bolso, um jipe e tempo, mas preciso decidir. Acho que o melhor agora é pensar no comércio. Povo chegando, precisando trabalhar, precisando comprar. O quê? Comida e remédios são os básicos para todo mundo. Sabe de uma coisa? Necessidade e prazer! Lista de primeira necessidade: arroz, feijão, carne, verduras, pão, leite, frutas... material de limpeza e higiene... tudo o que for de todos os dias. O que dá prazer: perfume chique, bebidas, carro, cinema, revistas, músicas... Qual seria o segredo? Unir os dois —necessidade e prazer. E a lista? Acho que vou pensar mais sobre isso. Minha cabeça já está pesada. Boa noite, diário.

Admirar o céu estrelado, deixo para amanhã. Ô trem doido só, um vento gelado entrou pela gretinha da janela.

Coisa boa: depois de todo mundo rir do jeito que papai escreveu sobre o friozinho vindo da janela, Saulo levantou a mão e pediu a palavra. Mamãe aproveitou e se deixou cair na cadeira e todos nós ficamos com as orelhas disponíveis. Ele falou:

— Tenho uma palavra importante para todos – dirigiu um forte sopro para o ar e relaxou o corpo. – Quero pedir, de público, perdão para minha irmã Celeste. Como fui estúpido por tanto tempo. Sei que nosso relacionamento está normalizado atualmente, mas ainda restava um mal-estar, acreditem, por causa daquelas cartas e, principalmente, daquela foto maldita. Não sei se Catarina sabia dessas coisas, sabia?

Catarina respondeu com um sim, balançando a cabeça. Celeste ficou sem palavras e a cor sumiu do seu rosto.

— Foi tudo uma armação da Rita – continuou Saulo –, uma coisa terrível, absurda. E muito bem tramada, diga-se de passagem.

— Como soube disso, tio? – perguntou Maurício.

Milena reforçou:

— Sim, tio, como conseguiu descobrir?

— Resolvi, graças a Deus, procurar uma pessoa que não estava na minha lista de desconfiança, que aliás, praticamente se resumia em Celeste. Fui tolo, mas acabei acertando na mosca. Como pude descartar Rita? Cabeça de jegue a minha. Desse encontro surgiu a confissão. Os detalhes conto depois, pois é uma longa história. Apenas Maria Helena sabe de tudo. Bem, o mais importante agora é ouvir da minha irmã a sua palavra de perdão; isso é, se eu merecer. Peço de joelhos e me humilho diante de todos em reparação ao mal que fiz.

Antes mesmo de ele se ajoelhar, Celeste correu-lhe ao encontro, abraçou-o e beijou-o com uma alegria nunca vista. Aplaudimos.

25

O encontro de Saulo com Rita, aliada à confissão dela sobre a autoria das cartinhas e do teatrinho montado para a foto e, especialmente, o perdão de Celeste ativaram a minha imaginação durante a semana inteira. As caras alegres e as expressões de carinho mostravam o contentamento e alívio que Saulo e Celeste sentiam após aquela cena maravilhosa que protagonizaram. A alegria de todos nós da família, testemunhada pela minha melhor amiga, não teve preço. Catarina foi às lágrimas. Depois me confessou que parecia como se sentindo a presença de papai ali. Não era mais o Saulo de cara fechada, mas um homem cheio de boas energias, sorridente, como era Nicolau, disse ela.

Catarina propôs um brinde em Águas Claras. Queria um encontro maravilhoso, inclusive com a presença de Raquel, no aconchegante apartamento de mamãe. A paz que passou a reinar merecia rodadas de vinho, queijos e boas risadas.

A gostosa noite chegou. Todo mundo na sala e a conversa começou já bem animada:

— Vamos brindar! – ordenou Celeste, com um sorriso lindo no rosto. Catarina estava empolgadíssima.

— Viva a família mais maravilhosa de todas! Viva nossa amizade! Viva Águas Claras, ou melhor, o Principado de Águas Claras! – exclamou ela, os olhos brilhando.

Ver Catarina se soltando assim, como nunca havia visto, que maravilha! Sei da profunda consideração que ela sempre demonstrou por nós e isso se materializou ali de forma tão especial. Ela saindo um pouco da sua formalidade, dos seus movimentos sempre contidos e elegantes, brincando, para se mostrar quase como uma jovem senhora, cheia de energia e animação.

Meu irmão não deixou por menos:

— Eu sou o príncipe e Celeste, a princesa! – disse ele, rindo-se com força.

Eu quis também falar palavras animadas, bem alto, mas me segurei. Preferi acompanhar meu irmão nas risadas.

— Estão animados, hein? – disse mamãe. – Graças a Deus a família está unida e alegre. Precisávamos disso.

— Que lindo! – manifestou-se Milena.

E por falar na minha sobrinha, percebi a ausência do celular na sua mão. Vi que Maurício também estava longe do aparelhinho. Pela primeira vez, dava para notar com clareza uma presença mais forte dos dois, sem aquele ar de distância tanto física quanto espiritual, posso dizer assim. Eram dois adolescentes ligados nos mais velhos, como se esperando mais lições de vida. Senti uma alegria incrível.

— Ué, cadê a sua nova amiga, Maria Helena? – perguntou Celeste.

— Meu Deus, é mesmo. Ela não é de se atrasar...

Um minuto depois, o interfone toca.

— Deve ser ela – disse mamãe. Geraldo disso o mesmo.

E era.

Raquel se desculpou pelo atraso e lançou a mão para os apertos. Após as saudações, sentou-se na última cadeira desocupada.

— Seja muito bem-vinda, amiga! – eu disse.

— Obrigada pelo convite!

— Penso que Maria Helena já apresentou antes nossa amiga, a professora Raquel, para a família, não? – disse Catarina.

— Ainda não tivemos essa honra – falou minha mãe.

— Nossa! A honra é toda minha. Maria Helena comentou bastante sobre a sua família, mas só agora estou tendo o prazer de conhecer vocês pessoalmente.

Enquanto Raquel falava, percebi que os olhos de Saulo brilhavam. Celeste, ao lado dele, o beliscava. A propósito, qual homem não ficaria encantado, ou pelo menos de olhos bem abertos, com a presença de Raquel? Além das suas boas maneiras, destaco suas feições muito agradáveis, formas de tirar o fôlego, olhar e sorriso cativantes. Acabei desejando quase ardentemente que minha amiga professora notasse os olhares admirados do meu irmão. Não demorou muito para que isso ocorresse. Então, vi que o rosto de Raquel enrubesceu. Trocaram sorrisos, que se repetiram após brindarmos à Celeste e ao Saulo.

Meu irmão havia retomado o seu espírito prático. Herança de papai, com certeza. E ainda tinha o vovô que com pouca coisa nas mãos, construiu a estrutura básica para vencer as dificuldades do sertão e alojar toda a família na fazenda Aldeia. Saulo escreveu um bilhetinho e entregou em segredo para Raquel, sem que ninguém desconfiasse naquele momento festivo, de tantas conversas paralelas. Não demorou e recebo uma ligação de uma empolgada amiga, a Raquel. Ela disse: "Amiga, sente-se por favor porque a notícia é muito quente. Eu e seu irmão estamos nos conhecendo melhor. Vou ser mais objetiva, começamos um namoro. Por enquanto, quase que somente por telefone, acredita! Preciso do seu O.K., pois isso significa que pode ter surpresa mais forte em breve". Antes de eu dar um pulo de alegria, consegui falar: "Raquel, que notícia maravilhosa! No apartamento da mamãe, quando despedi de você, percebi que suas mãos tremiam levemente. Só que não desconfiei de nada. Vocês namorando será de uma felicidade sem tamanho. Que Deus os abençoe e que dê bons frutos. Já posso chamar você de cunhada querida?! Vamos nos encontrar em breve, pode ser na próxima sexta-feira. Quero detalhes, viu?!".

Na sexta.

— Acho que minha tremedeira foi mais por causa do meu velho trauma. Ao mesmo tempo a alegria de conhecer o seu irmão e os pensamentos confusos sobre acontecimentos que não desejava recordar, mas acabei tomando a iniciativa de falar. Depois que recebi a ligação de Saulo, quando também explicou algumas coisas sobre ele, inclusive de questões íntimas sobre seu passado, fiquei aliviada. Eu lhe disse: "Bem-vindo ao clube". Rimos bobamente, como se num alívio a dois. Falou sobre um problema complicado da sua infância, sobre o fracasso no casamento, segundo ele muito por causa do comportamento estranho da então sua esposa, e de como foi estúpido com Celeste.

— Meu Deus, o que ocorreu com você?

— Maria Helena, é sobre violência. Como pode um ser dito humano se tornar tão desumano? É disso que preciso falar. Tive namoricos adolescentes e dois sérios. O primeiro foi regado ao ciúme alucinado do meu primeiro namorado de verdade. Depois de um ano de namoro, ele começou a mudar. Com certeza, depois que percebeu que eu estava apaixonada de verdade. Não podia nem olhar para os lados. Terminamos quando ganhei um tapa no rosto, acredite, quando lhe contei que tinha passado no concurso para professora. Imagine o que poderia acontecer depois disso. Fiquei um bom tempo sem namorado, mas tudo mudou quando conheci Rodolfo. Aparência linda, atitudes agradáveis, mas que escondiam perfeitamente o seu lado B. No início, tudo lindo e maravilhoso. Fim do relacionamento, quando, pela segunda vez, ele ameaçou tirar a correia da calça. Na primeira, o vermelhão sumiu do seu rosto e ele me disse que a ameaça era de brincadeira. Acreditei. Porém, na segunda vi que não era brincadeira, pois seu olhar era de ódio. O motivo? Eu não permitia suas ousadias mais fortes, entende?

— Inacreditável...

— Resolvi criar um cachorrinho. Veio o sossego, mas não a felicidade – disse Raquel; num canto da boca uma expressão de certa tristeza, no outro um sorriso que não conseguia disfarçar. Pelo menos essa foi a minha impressão.

Como ela ficou em silêncio, concluí que era eu que devia falar.

— Então? Onde Saulo entra na história?

Raquel me olhou com muita graça.

— Foram dois encontros reveladores, conhecendo melhor um ao outro. Beijos e abraços apertados. Irmão da minha querida amiga, cavalheiro das antigas, respeitoso, romântico e principalmente sincero, muito sincero... O que eu poderia pedir mais? Achei maravilhosa a oportunidade de tentar novamente; maravilhoso o renascimento do amor no meu coração antes partido e com medo dos homens. Quero confessar que liguei para Catarina. Meu Deus! Que pessoa especial! Ela me deu a tranquilidade de que tanto precisava. Falou muito sobre vocês, sobre Seo Nicolau, sobre Saulo. Levantei os braços e gritei, gritei mesmo, ao telefone: "É agora ou nunca mais!" Ela quase morreu de rir do outro lado, claro.

— Amiga, show de bola! – Ah, e qual a surpresa forte? Estou muito curiosa!

Ela sorriu.

— É que Saulo me disse que se nossa química funcionar a todo o vapor, ele deseja um casamento em breve! Não vai conseguir esperar, ele disse. E a tal química está mesmo a mil. Não paro de pensar no seu irmão. Esse breve pode ser um ano ou mais, ou menos, não sabemos. Parece loucura.

Rimos.

— E o cachorrinho, vai junto?

— Não, não. Vou doar para meu vizinho. Ele tem uma chácara e lá Totó poderá ser um cachorro de verdade. Poderá brincar de correr atrás das galinhas, rolar no chão bruto, quem sabe até brincar de luta com os gatos. Terá seu mundo mais natural de volta e roer ossos. E ai de quem chegar perto – brincou.

26

reunião teve a presença de Raquel, como não poderia deixar de ser. O casalzinho bem no fundo, na última fileira. O que eu poderia desejar mais na minha vida? Raquel agora era da família e isso foi do agrado de todos nós. Colega de escola, amiga e cunhada: Raquel.

Assim que a galera estava completa, mamãe voltou às páginas:

Brasília, futura capital, terça-feira, 3 de setembro de 1957

O destino me trouxe a Brasília e eu estou contente. Arrumei o meu barraco no meio do cerrado bruto, tenho bons vizinhos e fiz de tudo para acertar no melhor meio de ganhar dinheiro. Rodei todos os canteiros de obra, vendi um pouco de tudo e quando chego em casa, quero apenas fechar os olhos e descansar o corpo. Hora de mudança. As viagens até Anápolis, aventura para comprar de tudo e vender nos canteiros de obra, já não estão mais compensando tanto por conta dos perigos nas viagens e pelo cansaço mesmo. Agora resolvi matutar sobre os próximos passos e, confesso, conquistar um coração. Ficar observando o céu estrelado sozinho já perdeu a graça. Sonho comprar um terreno e construir uma casinha de verdade.

Não queria escrever sobre esse assunto, mas não tem jeito, escreverei. É que, no fundo, estou com inveja do Marcos. Tentei despistar, mas não teve jeito. O filho da mãe acabou me acompanhando na segunda viagem para a roça. E muito mais: conquistou o coração de Joana. Foi direto, mas com muita calma e respeito. Reuniu meu pai, minha mãe e ela, minha Joaninha. Recebeu as bênçãos, ficou alguns minutos esperando a resposta da minha irmã. E o pior: recebeu triunfalmente o tão sonhado SIM. Claro, o primeiro beijo. Agora tenho de suportar o seu "Hei, cunhado". Na verdade, estou orgulhoso e feliz por tudo. Marcos está cheio de planos e penso que vai dar casamento em breve, arrisco.

Acabo de concluir: aqui, neste mundão sem porteira, não há muitas oportunidades para as delicias do amor. Por enquanto, apenas trabalho, trabalho, trabalho. Marcos teve razão. A paixão anda tão assanhada que ele vai quase todos os fins de semana para a Aldeia. Já até me superou. Visita nossa casa, anda pelas redondezas, visita Sapezal, a gruta, mas sem chance de ousadia, pois mamãe sempre manda uma vela para vigiar cada passo do *casal. Eu até conversei, afirmando que Marcos é de confiança, respeitador, e Joana de muito recato. Mesmo assim, ela não abriu mão dessa prudência. Mãe é Mãe!*

Rimos. Mamãe fez uma pausa. Achei melhor eu assumir a leitura. Ela concordou e ninguém apresentou objeção. A plateia estava muito atenta. Senti um frio na barriga. Comecei:

Tive hoje pela manhã a bela surpresa prometida pelo Zé Ribeiro. Fui convidado a tomar o mijo do bebê. Pude escolher tomar rabo de galo ou martine. Tomei as duas bebidas e ainda pedi mais uma dose do rabo de galo quando fiquei sabendo que seria padrinho pela primeira vez. Sua esposa, Marieta, um amor de pessoa. O Zé dispensa comentário: amigo de verdade e agora meu futuro compadre. O bebezinho poderá contar comigo sempre, prometo diante de Deus. "Juninho, conte com seu padrinho querido", comecei a treinar em voz alta.

O dia de hoje foi mesmo especial. Uma jovem, na alegria dos seus 16 ou 17 anos, me pediu carona. Nesta cidade em ebulição a carona é a coisa mais normal e bonita. Todo mundo dá carona, todo mundo pede carona. É só levantar os braços. A menina acrescentou a isso um belo sorriso; e eu retribuí parando o jipe e também oferecendo o meu contentamento. A mocinha estava para ir à cidade livre, apelido dado pelo povo, cujo nome verdadeiro é Núcleo Provisório dos Bandeirantes. Parece mentira, mas nunca fui à cidade livre. Quero dizer, ainda não entrei para valer no acampamento lotado de casas de madeira e povo para lá e para cá. Passei perto umas duas ou três vezes e via o movimento intenso de uma cidade do velho oeste americano, que ora estava afundada no barro, ora desaparecida no poeirão. Conversamos bastante durante o percurso. Ela me disse que faria compras para o enxoval. Acho que eu fiz cara de quem não acreditava. Os olhos brilhando e o oferecimento de outro sorriso confirmaram que era para ela mesma. Depois me mostrou o retrato do noivo, um rapaz parecendo bem-apessoado. Desejei para o casal toda a felicidade do mundo e que desse relacionamento florescesse uma geração de brasilienses. Ela guardou o noivo na bolsa, ficou em silêncio por um instante e deixou cair uma lágrima. Preferi não oferecer nenhuma palavra a mais. Verdadeiramente existe lágrima de felicidade. Assim que chegamos à cidade livre, arranjei uma maneira de estacionar o jipe. Nas ruas, cavalos, carroças, povo agitado, galinhas, charretes, caminhões, carros, cachorros e gatos. Achei um cantinho. Ela confirmou que estava tudo bem ser ali. Eu fiz uma reverência com meu chapéu; ela me agradeceu, desceu com elegância e, em alguns segundos, desapareceu no meio da multidão. A vida social pulsava na cidade livre, não houve mais dúvida. Preciso mesmo repensar e abrir novos caminhos.

Fiz uma pausa para respirar. Foi a oportunidade para Maurício comentar sobre a carona.

— Se não fosse o vovô, eu não acreditaria. Hoje pedir ou dar carona é loucura. Nunca saberemos quem vai entrar no carro, se uma pessoa normal ou perigosa. Na moral, gente, quem pedir carona para estranho hoje não pode ser normal.

— Concordo, irmão. Uma colega minha da escola por pouco não foi abusada ou mesmo morta. Ela aceitou a carona de um homem cheio de lábia. Por sorte, tinha um quebra-molas no caminho e ela aproveitou para sair correndo do carro e pedir socorro. Isso depois de ele mostrar uma faca e a orientar para ficar quietinha, obedecer. A pressa do monstro em mostrar suas intenções acabou salvando minha colega. Graças a Deus! – disse Milena.

— Nossa, parabéns para os dois! – disse meu marido. – Ele foi pego?

— Não fiquei sabendo, tio. Alguma câmera deve ter filmado... O assunto pegou fogo na escola e teve até palestra de um policial civil. Foi muito bom.

Catarina abaixou a cabeça. Eu sei bem o porquê. Ela fica assim, cara fechada, quando fica sabendo que uma criança passou ou passa por um perigo desse tipo. Depois, um sorriso discreto quando lembra do que fez papai. Quando ela levantou a cabeça nos entreolhamos com carinho.

O assunto ainda rendeu. Geraldo, por viajar muito, falou que não dá carona de jeito nenhum. Segundo ele, quando estava indo de carro para Uberlândia, uma garota pediu carona na estrada. Parecia boa gente, bonitinha, com roupas e traços sensuais. Na verdade, uma bela garota. Estava encostando o carro, quando percebeu que no mato havia dois rapazes escondidos. Então, acelerou e partiu voando. Procurou avisar com luz alta sobre o perigo. Por sorte, uma viatura policial parou e foi avisada.

— Meu Deus, quanta maldade no mundo... – disse Raquel

Ficamos em silêncio por alguns segundos, como se procurando palavras que oferecessem sentido a essa triste realidade. Catarina acabou colocando mais lenha:

— Sabem o que estou pensando agora? Uma pessoa cometer coisas horríveis durante a vida. Faço uma listinha: pecados, matar, mandar matar, roubar, abusar de inocentes e sei lá o que mais; e depois, segundos antes de morrer, pedir perdão a Deus. Tudo aquilo desaparecer como num passe de mágica e ele ainda ir para o céu, perdoado e limpo. Sei não... não pode ser tão fácil um negócio desses. Realmente, não sabemos de nada, só posso dizer isso – comentou, seu tom exprimindo claramente uma voz de dúvida e revolta.

— Catarina, que coisa! Nunca pensei dessa forma. E acho que você tem razão – eu disse.

Mamãe levantou o dedo para falar.

— Vamos com calma. Uma pessoa com a maldade na alma e responsável por coisas horríveis, por atrocidades, será quase impossível ter a capacidade de pedir perdão, na atitude verdadeira de pedir perdão. Ou seja, pedir do fundo do coração, com a alma em prantos e arrependido de verdade pelos erros e atitudes anteriores. Quase certo não ser capaz, não conseguir. O mal fica tão enraizado no seu ser, tão dominante, que praticamente não deixa brecha para tal atitude nobre e salvadora, além da reparação em sua totalidade. Poderá até tentar, mas suas palavras serão vazias e sem efeito porque não serão verdadeiras, não terão as lágrimas do arrependimento sincero.

— Muito diferente quando uma pessoa boa pede perdão por algum erro ou injustiça – murmurou Saulo, quase como se falasse para ele mesmo. Porém, deu para todos ouvirem.

— Sim, filho – concordou mamãe.

Engraçado. O clima pareceu ficar mais leve, a ponto de Milena quase gritar:

— Vovó, arrebentou, hein!

— Sim! – reforçou meu marido, aplaudindo.

Esgotado o assunto, continuei:

Brasília, futura capital, sábado, 28 de setembro de 1957

Começa mais uma semana de vendas. Hoje apresento novidade, pois quero deixar um pouco de lado os canteiros de obra e partir para a cidade livre. Desde o dia em que dei carona para a jovem noiva, não tiro aquele acampamento incrível da minha cabeça. Como não pensei nisso antes? Acho que é porque adoro visitar as obras, principalmente na que trabalhei. Ainda sou muito bem recebido e sempre saio desses lugares com o jipe vazio e o bolso cheio. Então, vamos lá, rumo à cidade livre dos impostos. Depois escrevo as notícias.

Cheguei. Trem doido, sô! Cada dia mais otimista e apaixonado por Brasília. O chamado Eixo Rodoviário, por enquanto somente mato, é para ser uma avenida linda e com prédios residenciais dos mais modernos e bonitos. Serve de caminho natural para a cidade livre e lugar de dar carona. Ainda há pouca condução. Hoje dei carona para um casal do Paraná, acompanhado de um filhinho bem miúdo. Brinquei com o menininho. Crianças são anjinhos, inocentes. Ai de quem fizer mal a uma delas, melhor nem ter nascido! Acho que Jesus disse algo parecido. Eles desceram num lugar ermo e deu para ver barracos montados e outros em construção. Tudo indica que fiz mais uma amizade.

Agora são 11 horas da manhã. Vendi tudo em menos de duas horas. E sem sair do lugar, aqui em um canto da rua central. Teve um momento até de fila de compradores. Quase fui xingado quando acabaram as mercadorias. O que mais vendi? Espelhos, sabonetes, pentes, batom (a mulherada quer ficar bonita), cigarro, canivete e outras coisas mais. O paraíso é aqui. Almoçarei num barracão aqui

perto e partirei para o meu ninho, no meio do cerra-
do. Como estou feliz!

Cheguei no meu barraco. São 3 horas da tar-
de e uma neblina tomou conta de tudo em volta. Uns
macaquinhos saíram apressados quando me viram.
Assobiei para eles voltarem, mas não adiantou.
Tudo indica que os dias de seca terminaram. A vida
explode com força no cerrado. Vou tirar uma soneca
e sonhar com minha roça e sonhar com minha na-
morada. Quem sabe? Por enquanto o meu grande
amor é este caderno. Escrever minha história nas
suas páginas está sendo tudo de que preciso para
não enlouquecer.

Olhei de través para mamãe. Deu para perceber que ela estava emocionada e, diria, curiosa para saber se a sua história seria também contada
nas páginas seguintes. Se a sua vida estaria juntinha com a dele nas sa-
gradas folhas de papel amareladas pelo tempo. Sugeri uma pausa. Depois
continuaríamos a leitura.

27

Ofereci o caderno para Saulo. Ele somente aceitou ser a voz da leitura depois de duas cutucadas dadas pela namorada.

— Manda ver, tio Saulo! – exclamou Maurício.

— Não tenho a classe de mamãe nem a voz da minha irmã, mas tentarei não fazer feio – disse ele, parecendo bem convicto.

— É um ótimo orador! – retrucou Catarina.

Saulo agradeceu pelo elogio e respirou fundo.

Brasília, futura capital, segunda-feira, 7 de outubro de 1957

Chuva, chuva, chuva. Resolvi não sair para as vendas. O friozinho convida para as cobertas e os pensamentos convidam para o travesseiro. Quero anotar algumas coisas que julgo importantes.

Preciso visitar minha família; a saudade aperta muito;

Preciso cuidar melhor desta casa;

Desejo mudar de ramo e chega de viagens para Anápolis;

Não posso ficar muito tempo aqui, porque as máquinas estão trovejando já muito perto. Logo tudo vai virar ruas e prédios e meu Presidente tem pressa; eu também e...

Sei que preciso de muitas coisas.

O primeiro desejo quero satisfazer amanhã. Marcos está de férias e passando a semana nos braços de Joana. Ele pode, eu posso. Tiro o resto da semana para mim. Sei que vou enfrentar as lamas da estradinha, mas vou assim mesmo. Levarei o saco cheio de dinheiro. Quero ajudar algumas pessoas do meu povo.

O segundo desejo é hoje mesmo dar uma arrumada nesta bagunça. Fiquei encantado com a capa de uma das revistas Manchete que ganhei, datada de maio do ano passado. Tem uma princesa linda, de olhar apaixonado. Vou colocar em destaque na parede da salinha. Todas as vezes que olhar para a revista, vou lembrar-me da necessidade de deixar tudo arrumado e com uma classe possível para um simples e provisório lar. O sorriso da princesa será uma ordem e uma lembrança.

Resolvi fazer uma horta. Assim que tiver produção, deixo as trenzeiras de lado e vou vender legumes e verduras. O Núcleo Provisório dos Bandeirantes me espera, uma cidade livre.

Brasília, futura capital, quinta-feira, 24 de outu-
bro de 1957

Minha horta deu muito certo. Tudo vingado e crescendo bonito. O esterco da Aldeia vale ouro. Estou com esperança de ótimas vendas. Tem fila de espera. As abóboras estão espalhando pelo meio do cerrado. Não dei ordem, mas estou achando bão por demais. O trabalho dá frutos e estes dão orgulho ao homem. Agora entendo melhor o nosso Presidente.

Brasília, futura capital, quarta-feira, 20 de no-
vembro de 1957

Estou com o diário na mão, porém, sem inspi-ração de palavras... Olho para a revista na parede e me dá uma vontade incontrolável de arrumar uma companheira para momentos de carinho, respeito e muito amor. Jurei não arrumar mais namoricos apenas de amassos e palavras vazias. Tenho o sufi-ciente, mas com o coração realmente vazio. Não de Deus, diga-se de passagem, mas do calor de uma mulher.

Brasília, futura capital, quarta-feira, 25 de de-
zembro de 1957

Estou passando o Natal com os meus, na mi-nha terra sagrada. Dei um garrafão de vinho para cada um dos meus vizinhos e Zé Ribeiro prometeu olhar a casa e a horta. Volto depois de amanhã.

A maior novidade: mamãe e Joana virão comigo. Sou o homem mais sortudo deste mundo! Vamos brindar juntinhos a chegada de 1958. Mamãe sonha ver o Presidente.

Brasília, futura capital, sexta-feira, 27 de dezembro de 1957

Chuvas e muito barro. Viagem demorada, mas aqui estamos para as despedidas de 1957.

Minhas queridas ficaram impressionadas com a primeira visão do progresso sendo fincado no meio de um mundo verde e selvagem, logo após passarmos pelo Catetinho. Joana não se conteve e gritou "Brasília!", "Brasília!" Não sei se é pela cidade em construção ou pelo Marcos; talvez pelos dois motivos.

Eu acostumado com uma casa grande, quartos e mais quartos, casa branca com janelas azuis, quintal farto, curral jorrando leite... e agora no meio do cerrado, numa casinha simplória de tábuas usadas. Minha querida Madalena e minha querida Joana, o que vão achar da minha situação na futura capital do meu país? Essa questão cutucou minha cabeça durante toda a viagem. Não abri a boca. Para minha surpresa, elas adoraram o barraco (estava bem arrumado e meu amigo paraibano deu uma mão de tinta). Todo mundo aqui no sacrifício, porém, provisório. O brilho do futuro se aproxima. Elas compreenderam. Ah, Nicolau moço, como você é bobo às vezes (sorri). Joana aproveitou os últimos raios do sol e foi catar flores no meio do cerrado. Meu barraco ficou florido, bem ao gosto das mulheres. Minhas queridas agora dormem na minha cama e eu no chão, mas feliz, muito feliz, escrevendo estas palavras em segredo.

Não sei se o Presidente está incentivando os candangos por aí, mas vou rodar com as duas pelo horizonte em obras até encontrá-lo. Preciso cumprir minha promessa. Se ficar devendo, terei outras oportunidades.

Como foi bom trazer um reforço de lamparinas da roça. Meu lar está bem iluminado e com aquele cheiro de querosene. Se faz mal, eu não sei, mas que tem um gostinho de roça, tem.

Acho que preciso pegar no sono. Boa noite, Nicolau.

Brasília, futura capital, quarta-feira, 1 de janeiro de 1958

Que dias! Levei as duas para conhecerem as obras da futura capital do nosso querido Brasil. Joana não segurava a emoção, não escondia a admiração pelo que via, mas mamãe não mostrou tanto entusiasmo nem mesmo com o foguetório estralejando nos céus da cidade. Eu sei o porquê. Ela não quer esfriar o desejo de minha volta para casa.

Certamente pensou que demonstrações de apoio e alegria aumentariam ainda mais minha decisão de ficar por aqui, coisa de mãe amorosa.

Marcos foi esperto e acabou combinando que as levaria de volta. Falou comigo somente depois. Partiram pela manhã. Joana levou os retratos que Marcos tirou na roça. Vai ser um alvoroço na Aldeia. Deixou apenas um comigo, mas está tudo certo. Acabei ficando sossegado, porque confio no meu amigo e futuro cunhado. A despedida foi difícil, como sempre. Abraços e lágrimas. Amar é sofrer, como já li em algum lugar.

Dia livre de feriado, mas a cidade continua a mil. Também preciso ficar a mil. Pensamento bobo do momento.

O lado direito da avenida W3 está reservado para chácaras. Que grande ideia essa do produtor estar bem ao lado dos consumidores! Estou aqui pensando com meus botões se largo tudo por aqui e adquiro um dos lotes. Já tomei gosto pela horta.

Com a partida da minha mãe e da minha irmã, fui tomado pelo sentimento da solidão que me cercava. Os barracos vizinhos desapareceram no meio da neblina e tive a sensação de estar sozinho envolto num mundo de silêncio e mistério. Para não cair em lágrimas, resolvi incrementar meus pensamentos. O que esperar deste novo ano? Eu continuarei para frente! O mexerico anda em algumas bocas por aí dizendo não acreditar na mudança da capital e nem mesmo no cumprimento dos prazos urgentes para a inauguração para daqui a pouco mais de dois anos. Eu acredito e não dou bola *para os incrédulos, para os boatos. Viva os peões, técnicos e engenheiros que estão na lida dura para tornar o sonho em realidade breve. E sob o comando do nosso Presidente J.K. Cinquenta anos em cinco!*

Agora uma chuva fininha. Antes que o sono tome conta dos meus olhos, vou ler um pouco. Graças a Deus tenho bastante livros, revistas, almanaques e luz de lamparina.

Só posso dar boa noite para o meu caderno. Boa noite.

Por fim, anoto que, pela primeira vez, sinto um vazio na alma. Vai passar.

Silêncio na plateia. Evitei olhar para o rosto de mamãe. Optamos por um breve descanso.

28

Brasília, futura capital, sexta-feira, 25 de janeiro de 1958

Voltou a vontade de escrever e com um assunto que não poderia deixar de registrar. É que, pela primeira vez, consegui chegar bem perto do nosso Presidente, bem ao lado. Foi na inauguração de uma fábrica. Sim, nossa futura capital já tem uma: Guaraná Pioneiro. Funciona num barracão na cidade livre. E para completar, vi Juscelino deixando cair uma lágrima de alegria, todo mundo notou. Ganhei uma garrafa do precioso líquido. Vi a inscrição na tampa: "Brasília-DF". Passei a compreender a lágrima presidencial. Fiz uma reverência ao Presidente com o corpo. E o que ocorreu? Ele se aproximou de mim, com passos largos e sorriso amistoso, e tocou o meu ombro como se fôssemos velhos amigos. Tremi.

O destino levará Brasília a ser o orgulho dos brasileiros, tenho certeza.

Minha mãe levantou a mão em sinal de pedir a palavra. Concedida.

— Nicolau, Nicolau... se tivesse tido possibilidade de desviar daquele caminhão... – disse ela, olhando para a rua. – Não se assustem com as minhas palavras, pois já me sinto quase curada da tristeza profunda causada pela sua partida.

Senti que poderia iniciar uma rodada de assunto sobre a morte, conforme havia pensado, mas não foi preciso visto que ela mesmo tomara a iniciativa. Mamãe continuou:

— Morte, a única certeza que temos na vida. Ninguém poderá escapar dessa realidade – fez uma pausa e voltou a pousar seus olhos sobre nós. – Este diário está sendo uma cura para as minhas dores. Graças a Deus, abrimos a mala que estava na solidão de um armário por décadas. A maior tragédia para mim era, e é ainda, me ver sem a presença do meu marido, um homem exemplar e um pai carinhoso. Tive a força dada por Deus em primeiro lugar; depois os abraços e lágrimas em família, não podendo esquecer da presença dos meus amigos nos dias mais delicados da minha vida. E agora, esses nossos encontros. Só gratidão por tudo o que está acontecendo nas nossas vidas.

— Que maravilha, dona Emília, saber que a senhora está bem agora – exclamou Catarina.

— Sim – reforcei.

Mamãe se expressou com um sorriso manso e continuou:

— Nicolau, aquele esperto, mostrou-me a mala pela primeira vez assim que inauguramos nossa casa, não a do Lago Norte, a de Taguatinga. Aquela mala das antigas, de papelão duro. Tinha de tudo lá dentro, menos o diário. Será que ele já sabia destes nossos encontros, que conhecer seu diário seria tão bom e importante?

— Sim – Saulo apressou-se a responder. – Com certeza.

A ótima disposição emocional demonstrada por mamãe me encorajou a tocar mais neste assunto cheio de tabu.

O TESOURO DE NICOLAU

— Papai não morreu várias vezes antes do dia inevitável, do seu último dia. Teve uma vida plena, cheio de graça. Sei que todos nós podemos sentir muito orgulhosos dele.

— Que lindas palavras – disse Raquel.

Meu marido finalmente abriu a boca:

— A existência é feita de fases, de etapas, sei lá. Primeiro o nascimento seguindo pelo viver a vida, a despedida, a saudade e, espero com fé, um reencontro futuro. Para dizer a verdade, se eu reencontrar o Seu Nicolau no outro lado, quero pedir perdão por não ter participado com força da vida dele, por ter sido muito ausente na família. Quero lhe dar um abraço bem apertado.

Mereceu um beijo.

— Vamos continuar, meus filhos e filhas, caso contrário meu coração não vai aguentar. O Geraldo fez meu corpo tremer – mamãe falou.

Depois disso, realmente tivemos de parar as conversas e continuar a leitura.

Após um minuto da pausa, Saulo me passou o caderno. A sua piscadinha deixou perceber que desejava mesmo era ficar ao lado de Raquel. Pensei que mamãe poderia voltar a tomar conta da leitura, mas percebi que ainda havia muitas folhas pela frente. Sendo assim, achei melhor que as últimas páginas poderiam ser lidas no apartamento de Águas Claras e na voz de mamãe. Seria uma final apoteótica.

— Podemos continuar? – perguntei.

A expressão de aprovação mais bonita foi a de Catarina, no uso do poder de um belo rosto mostrando alegria. A observação me fez achar que seria interessante, no mínimo, pedir para que ela continuasse a leitura. Fiz-lhe um sinal usando o caderno. Ela assim se manifestou:

— Eu, Maria Helena?! Como não aceitar tamanha honra? E nem sei se mereço.

— Claro que sim! – exclamou minha mãe.

— Não reparem se eu chorar – disse Catarina.

— De jeito nenhum – disse Maurício, surpreendendo ao tocar a mão direita dele com a mão esquerda dela.

Continuando sentada, com uma expressão no rosto lembrando a de uma professora quando pede a atenção dos alunos, ela começou:

Brasília, futura capital, domingo, 30 de março de 1958

Não suportava mais a ausência de um rádio ao meu lado. Ontem comprei um Semp. Namorei um rádio vitrola, mas isso ficará para depois, nem tenho espaço. Foi a desculpa de dei para não pesar no meu bolso (risos). Na verdade, estou muito feliz, pois agora tenho a modernidade no meu barraco. Poderei ouvir a voz possante na transmissão do Repórter Esso e as notícias do meu país na Voz do Brasil. O Capelinha, apelido carinhoso do rádio Semp, enfeita a minha sala, colocado numa posição estratégica. Agora tenho a princesa linda na capa da Manchete para me lembrar de que tenho de manter a casa em ordem. Já o capelinha, de que preciso rezar antes de pegar no sono. Sim, com pedidos e agradecimentos a Deus e a Nossa Senhora. Ah, e ouvir à noite as melhores músicas brasileiras e internacionais. Quer felicidade maior do que essa? Sim, Nicolau, ganhar o coração de uma mulher. A propósito, arranjei (que palavra feia, mas serve) uma namorada. Segredo ainda. Só posso adiantar que é bonita, educada e magrela.

Como sou feliz agora! Somente um detalhe que pode ou não afetar o meu sossego: quando ouviram o som mágico vindo do meu radinho, a vizinhança veio correndo para saber da novidade. O silêncio profundo do cerrado faz qualquer barulhinho virar um trovão à noite. Ficaram até as dez com os ouvidos atentos e olhos brilhando. Fingi estar morrendo de sono para que eles saíssem. Para a minha felicidade, prometeram voltar. Estou preocupado quando viram o meu sorriso antes de pegar na tramela para fechar a porta. Eles podem pensar que fiquei maravilhado com a visita.

Brasília, futura capital, quinta-feira, 29 de maio de 1958

Não vingou. O namoro acabou e posso escrever que até durou muito. Foram apenas cinco encontros. Em quatro sob os olhares ciumentos do irmão mais velho dela. O rapaz se materializava em todos os lugares onde íamos. No único em que ficamos a sós, consegui dar um beijo de verdade, daqueles de cinema. As fofocas de que Brasília não vingaria acabou provocando o retorno da família de Tereza para o Rio de Janeiro. Nossa despedida foi muito triste, mas já estou recuperado.

Dos três barracos vizinhos, só faltava um para ter um rádio. O sonho foi realizado hoje, fiquei sabendo. Visita frequente é bom, mas cansa.

Frio de lascar. Estou enrolado em um cobertor e sentado pertinho do fogão. O balé das chamas e o crepitar da lenha me inspiram para pensar em coisas boas e aconchegantes. O problema é que penso na minha roça e a saudade aperta.

Brasília, futura capital, sexta-feira, 30 de maio de 1958

Marcos vai se encontrar com Joana amanhã. Pedirei para ele levar uma carta e uns retratos. Quero que fiquem sempre atualizados com as minhas notícias. Um dia desses o meu cunhado disse que uma agência dos Correios e Telégrafos está para ser inaugurada na cidade. Será uma revolução. Somente não sei se haverá carteiro para entregas nas roças. Estou sonhando demais? O tempo dirá.

Brasília, futura capital, sábado, 31 de maio de 1958

Para aumentar ainda mais a minha alegria, foi inaugurada no dia de hoje a Rádio Nacional de Brasília. Como não sou bobo, assim que fiquei sabendo voei para a W3 Sul para testemunhar o grande evento. Está instalada num grande galpão, com auditório e tudo. Tive a felicidade de ainda ouvir o finalzinho do discurso do nosso querido Presidente J.K. Aquelas palavras não sairão das minhas mais belas lembranças. Ouvi: "... a Rádio Nacional de Brasília, ora inaugurada, terá a responsabilidade de atuar como traço de união entre o Brasil atual e o Brasil do futuro, criando condições propícias para a convivência e para o intercâmbio cultural das nossas comunidades regionais". O homem é fogo!

Agora estou com meus ouvidos ligados nas ondas da rádio de Brasília. Já tem gente mandando abraço para os familiares. Achei uma ótima ideia. E melhor, mandarei um abraço e oferecerei uma música do Agostinho dos Santos para minha doce irmãzinha Joana.

Brasília no caminho certo. Tenho certeza de que eu também estou no caminho certo. Meus livros, minhas revistas, meus almanaques de farmácia, meus amigos e meu radinho me ajudam a atenuar minhas saudades e a minha solidão.

Brasília, futura capital, segunda-feira, 30 de junho de 1958

Dia histórico! Ninguém segura nossa capital! Foram inaugurados hoje o Palácio da Alvorada e o Hotel do Turismo, ou melhor, o Brasília Palace Hotel. O Presidente terá sua residência oficial e definitiva; os visitantes terão um lugar de muita classe para ficar. Uma igrejinha foi inaugurada também. Teremos um lugar maravilhoso para louvar a Deus e agradecer, muito agradecer.

Máquinas poderosas já estão roncando por perto. Sem dúvida, o progresso se aproxima da nossa vilazinha escondida no cerrado. Hora de pensar seriamente no que vamos fazer. A segunda asa do avião não ficará isolada por muito tempo. Os caçadores de perdizes terão de andar mais longe. Quero ver depois algum engraçadinho dizer que a Asa Norte de Brasília é a Asa Morte!

Brasília, futura capital, domingo, 3 de agosto de 1958

Sou padrinho! Hoje pela manhã Marieta e Zé Ribeiro não cabiam em si diante de tamanha alegria. As palavras do padre aumentaram ainda mais a nossa fé e renovaram as esperanças. Apanhamos todas as flores da redondeza e caprichamos na montagem do altar ao ar livre. Nossa amizade ficou ainda mais forte. Posso resumir assim o batizado do meu agora afilhado Juninho. Não esquecendo, sim, da presença de uma multidão de colegas de trabalho do meu amigo e também a do meu cunhado Marcos. Glória a Deus.

Hoje eu durmo com a alma em festa.

29

Um passeio de meditação no Parque da Cidade. Ou melhor: uma caminhada com minha amiga para colocarmos a prosa em dia, como diria papai. Era um sábado de sol resplandecente e ar puro. A natureza respondia mostrando toda a sua beleza.

— Quanta gente! Que maravilha Brasília ter um parque assim... tão bonito, limpo e muito espaço para atividades ao ar livre – disse eu.

— O de Águas Claras não fica atrás – defendeu Catarina, muito mais para me agradar, pensei.

— Sem dúvida. E ai de quem falar o contrário – brinquei.

O cantar dos passarinhos e borboletas sobrevoando nossas cabeças serviram para provocar uma breve pausa na nossa conversa, que foi logo quebrada por Catarina:

— O diário do senhor Nicolau... Você não imagina o que eu estava sentindo no coração e na alma enquanto lia. E a letra cursiva, meu Deus, que linda! Fico imaginando ele à luz de vela, numa mesinha simples, escrevendo o seu diário, colocando no papel os seus mais nobres sentimentos. As suas observações sobre a grande aventura da construção de uma cidade a partir do nada, no meio do ermo – ela respirou fundo. – Parecia que eu estava ali também, ao seu lado, admirando o seu pai como meu segundo pai, aquele que salvou a minha vida no momento mais doce e inocente da minha existência. Ai, ai, vou parar senão eu choro.

Fiz um carinho no ombro da minha amiga.

— Escrever à mão... Meu Deus, esse hábito estamos perdendo – eu disse. – A escrita à mão faz parte da identidade de cada pessoa que a pratica e ativa o cérebro com um exercício completo. Ah, e atrasa o declínio mental provocado pelo avanço da idade. Li em algum lugar. Acrescento: deixar de escrever assim é como perder a nossa identidade quando usamos papel e caneta. Quando digitamos, a identidade se limita a uma máquina fria.

— Estou pensando aqui e agora que o ato de escrever não nos deixa ficar longe da gramática, da norma culta. E claro, ler também é fundamental. Para concluir o assunto, vamos nos comprometer a escrever mais, ler mais, caminhar ao ar livre, prosear com as pessoas queridas, além de cuidar da saúde, claro. Uma bela receita para ter qualidade de vida – disse minha amiga mostrando seu belo sorriso.

— Concordo plenamente e seguirei a receita! – exclamei com alegria para expressar meu contentamento de ter uma amiga tão querida e para brindar nossos momentos de boa conversa.

Caminhamos por cerca de uma hora entre risadas e expressões sérias. A sequência dos assuntos parecendo infinita e a vontade de voltar para casa, mínima.

⌇⌇

Dias depois, uma surpresa para lá de agradável. Saulo e Raquel ficaram noivos. Meu irmão desejou que Raquel se tornasse sua esposa. Raquel desejou que Saulo se tornasse seu esposo e eu desejei um crescimento lindo da nossa família.

⌇⌇

E seguimos com a leitura do diário. A novidade foi Maurício desejar ler pelo menos um pedacinho. Milena, outro. Depois, mamãe voltaria a assumir o caderno.

Maurício:

Brasília, futura capital, quinta-feira, 21 de agosto de 1958

Muitas vezes vi um grupo de trabalhadores aglomerado na área que será a futura Esplanada dos Ministérios. Pensava que estava simplesmente em um momento de descanso ou mesmo no final de expediente. Hoje desconfiei que havia algo mais. E acertei. Parei o jipe e me juntei ao povo. Para minha surpresa e festa para os meus olhos, assim que o sol deitava no horizonte de céu avermelhado, uma chuva de faísca se formava calmamente. Era causada pelas máquinas de solda das obras dos ministérios. Participei da alegria e admiração dos pioneiros da epopeia. De volta ao meu ninho, estou orgulhoso de escrever essas palavras e até de sonhar com a nossa futura capital toda construída e com um céu de tirar o fôlego.

Milena:

Brasília, futura capital, terça-feira, 23 de setembro de 1958

A necessidade de um medicamento fez Marcos ter de viajar até Unaí e eu lhe fiz companhia. Foi a melhor coisa que poderia ocorrer na minha vida. Abrirei um novo parágrafo para poder registrar o ocorrido neste meu diário. Preciso respirar.

A própria Milene percebeu que poderia se tratar do momento em que os avós se conheceram e ela mesma tomou a iniciativa de passar o caderno para mamãe. Recebeu um aplauso. Antes de iniciar a leitura, ela disse em tom de brincadeira que estava curiosa para saber do que se tratava a tal coisa. Rimos. Mamãe:

Não fiz companhia para Marcos nas farmácias. Tive mais interesse em dar umas voltas pela cidade. Depois de um giro por algumas ruas antigas, passando por pessoas, jipes, carroças e cavalos, cheguei à praça da matriz. Na verdade, era onde desejava estar mais uma vez. Após admirar aos meus pés um bom pedaço do céu refletido por uma poça d'água, resolvi entrar na bonita Paróquia Nossa Senhora da Conceição. Acabei não fazendo uma reverência ao altar, pois me foi impossível não priorizar a beleza e elegância de uma moça ajoelhada e em profunda oração. O instinto me fez ajoelhar na fileira de trás de onde ela se encontrava. Passei a sentir o seu perfume suave, com agradável aroma das flores. O conjunto beleza, elegância e perfume me deixou quase enlouquecido, confesso sem ter vergonha. Assim que ela se levantou da oração, levantei-me também da minha. Ela se assustou quando percebeu minha presença. Como cavalheiro, desculpei-me. Sim, criei coragem para perguntar pelo nome da moça. Ela respondeu da forma mais doce do mundo que era Emília. Eu corri para informar o meu, Nicolau. Ela pediu-me licença para sair. Eu pedi permissão para acompanhá-la. Ela disse que sim. Eu quase desmaiei. Na saída, Emí-

lia fez a reverência final para o altar. Eu fiz por duas vezes para compensar.

Desta vez eu acertei, desta vez o amor chegou. Anoto, porque sinto meu coração pulsar de modo muito diferente das outras experiências amorosas, todas fugazes. Tive a alegria de poder acompanhar a moça até a sua casa e no caminho falar de mim e do meu desejo de conhecê-la melhor. Recebi de volta um sorriso educado e aceitei com muito agrado a sugestão de trocarmos cartas. Despedimo-nos com um carinhoso aperto de mãos.

Tenho a certeza de dias de espera. O coração disparado pela expectativa de um sim para dividirmos nossos carinhos e segredos.

— Meu Deus, que palavras bonitas do meu marido! Como ele soube detalhar um momento tão especial na minha vida e de forma tão romântica e precisa. Fiquei, sem dúvida, muito impressionada com a sua figura e com as suas palavras. Tinha o seu endereço numa cidade em construção, na verdade do Marcos, e ele anotou o meu. Ele me impressionou? Sim. Pode valer a pena uma tentativa de dar certo? Sim. E se der errado? Adeus e mais uma decepção com os homens... Foi assim que pensava dias e dias. E o coração apertando cada vez mais.

— Vovó, e a cartinha? Adianta para nós, estamos loucos para saber – disse Milena, seu tom quase de menina sapeca.

Ela fez sinal para a neta esperar um pouquinho.

Como é especial ficar na expectativa por algo bom. Aquele momento mereceu um silêncio de alguns poucos segundos e serviu com louvor para mamãe dar uma respirada.

— Vamos ouvir, pessoal, a hora é agora! – Saulo brincou.

— Continuando – ela disse.

Brasília, futura capital, sexta-feira, 3 de outubro de 1958

Cada dia parecia um mês. Passava na casa de madeira do Marcos e nada do carteiro. Ontem, no princípio da noite, o homem chegou. Exatamente no dia em que eu resolvera não o incomodar com minha presença na sua porta. Essas coincidências acontecem, agora acredito. Com ele o envelope mais esperado da minha vida. Pedi licença para me isolar e ler a carta. Sentei-me na minha cama, minhas mãos tremiam. Em alguns minutos meu cunhado pôde ouvir um grito vindo do quarto. Marcos participou da minha alegria e ainda me ajudou a escrever uma cartinha de resposta. Um sim triunfal e os preparativos para nosso novo encontro pulsando na minha mente. Jamais esquecerei: "Nicolau, pode vir. Temos a autorização dos meus pais e eu desejo te conhecer melhor. Nosso namoro..."

Brasília, futura capital, segunda-feira, 20 de outubro de 1958

Sábado passado, dezoito, ocorreu o nosso primeiro encontro, digamos, de verdade. Emília apresentou-me aos seus pais e fui muito bem recebido. A impressão que tive foi a de uma família muito respeitável e feliz. Como de costume nas Minas Gerais, tomamos um cafezinho, bolo de fubá, e tivemos uma prosa animada. Falei dos meus planos *na capital em construção e isso deixou a família muito impressionada. Emília, seus pais e um irmão muito tagarela contador de anedotas, o Nilton. O que me animou ainda mais foi a impressão de ele não ser um irmão ciumento da moça. E como não podia faltar, o nosso primeiro beijo. Assim que os assuntos minguaram, como seria natural, Emília me convidou para conhecer o quintal da casa. Lugar muito bem cuidado, sem nenhum sinal de desmazelo e com um banquinho de madeira nobre que parecia ter sido feito para aguardar o nosso momento mais especial. Claro, tomei a iniciativa e nossos corpos e nossas almas se uniram pelos lábios como uma eternidade de amor e carinho. Agora, com este caderno e caneta nas mãos, tenho de repensar minha vida. Eles querem conhecer a Aldeia, tudo certinho. Eles querem conhecer as obras da futura capital do nosso lindo país tropical, terão de compreender que por enquanto é tudo poeira, barro, cimento, trabalho e esperança, muita esperança.*

— Seu João e dona Felícia, meus pais queridos e ainda cheios de vida. O calor de Unaí parece lhes fazer muito bem. Aliás, devo uma visita. Já o meu saudoso irmão Nilton, coitado, foi embora tão cedo. Sua morte foi trágica como a do meu marido. Que Deus o tenha. Moto e traseira de caminhão... Opa, o momento é de alegria – suspirou mamãe. – Falta pouco. Sugiro que continuemos em outro dia. Será nosso último encontro para a leitura e deve ser muito especial. O que acham?

30

Estávamos com os corações aquecidos. Mamãe tinha mais amigas no condomínio, Saulo e Raquel em êxtase por causa do amor, meus sobrinhos mais atentos nas relações familiares. Celeste mais inspirada na sua arte e eu ainda mais convicta da importância da família e dos amigos. Em um dos cafezinhos na minha casa, ouvi uma conversa animadora:

— Dona Emília, o que a senhora pensa da velhice? – perguntou dona Lourdes.

— Velhice... Os dias de sermos chamadas de senhora, como você acabou de dizer. Acho isso um privilégio. Tempo de aproveitar o que ainda temos de melhor. Ah, se tivermos netos e netas, perfeito.

— Eu penso diferente. Para mim, a velhice é comparada a um carro velho – disse dona Lourdes com as suas costumeiras risadas.

— Somos, então, dois carros velhos. Um cheio de alegria, de conversas animadas e com talento especial para as anedotas da vida.

— Sérias ou picantes – completou dona Lourdes com mais risadas. De preferência sobre nossos vizinhos de condomínio.

— Sim, claro – mamãe riu –, dos vizinhos. – O outro carro velho, eu, consertado dos seus defeitos. Antes, triste, um pouco amargo, sentindo-se isolado numa grande garagem. Agora, alegre, sorridente, de bem com a vida e pronto para dar umas buzinadas por aí – riu de novo. – Graças aos meus filhos e especialmente a esta que está ao nosso lado – olhando para mim com os olhos brilhando. – Também a você, minha amiga. Sua alegria é contagiante.

— Cadê a cervejinha para brindarmos?! – exclamou dona Lourdes, brincando de fazer um brinde no ar.

— Vamos de café mesmo! – entrei na conversa.

Vida que seguiu. Marcamos a rodada de leitura no apartamento em Águas Claras. Turma completa e a novidade foi a presença do Dr. Heraldo. As expressões de alegria do marido da minha amiga demonstravam o contentamento que sentia por estar presente naquele momento tão maravilhoso.

— Cadê a gaita? – Saulo perguntou em voz alta.

— Desta vez serei somente boca calada e ouvidos atentos – brincou Heraldo em resposta.

— Começa, começa! – disseram em coro Maurício e Milena, como se estivessem aguardando com ansiedade o início de uma peça teatral.

Mamãe riu e se posicionou de maneira elegante para dar início à leitura. Dava gosto ver mamãe assim.

— Vamos continuar – disse ela.

Brasília, futura capital, sábado, 15 de novembro de 1958

Não consigo parar de pensar e de sonhar com Emília. Quero deixar registrado que neste dia de feriado da Proclamação da República, agora cinco da manhã, estarei daqui a pouco pegando estrada para Unaí. Não vejo a hora de sentir a minha querida nos meus braços e de trocarmos juras de amor.

Brasília, futura capital, quinta-feira, 20 de novembro de 1958

Não dá mais para esperar. As máquinas já estão beijando nosso pequeno mundo no meio da mata e o amor está em alta. Sinto que a cidade livre dos impostos me convoca. Um lote em regime de comodato pode ser uma boa vantagem, mesmo tendo prazo até 1960. Poderei ganhar um bom dinheiro até lá e iniciar uma vida digna com Emília. Como sei que nosso amor será eterno? Quando sonhando acordado, quando admirando as estrelas do céu de Brasília e a luz da lua deixando mais bonitas as folhas do cerrado, eu sei.

Passo também a considerar a troca do jipe por um automóvel maior e mais confortável, uma Kombi talvez, uma rural willys, quem sabe.

No momento, a atmosfera do nosso pequeno mundo derrubado pelas potentes máquinas começa a pesar sobre mim. A imaginação às vezes costuma doer. Sentirei saudade.

Brasília, futura capital, quinta-feira, 25 de dezembro de 1958

Carro novo, uma Kombi. Uma parada para descansar sob a proteção da sombra de uma árvore. Estou a caminho da minha aldeia, louco para chegar. Marcos está comigo e saiu para comprar qualquer coisa numa vendinha não distante. Então aproveito para atualizar o meu diário. Quero registrar que Emília e seus pais também estão a caminho da minha roça. O primeiro encontro entre nossas famílias. O trem está ficando cada vez mais sério. Não há alegria maior e já estou aqui sonhando com o nosso primeiro natal.

No meu mundo, junto com os meus. A noite teve o brilho da amizade, do carinho e do louvor ao Nosso Senhor Jesus Cristo por mais um aniversário. Emília dorme no quarto ao lado e eu aqui, tentando ouvir a respiração da minha amada e matutando sobre os dias em que poderemos compartilhar o mesmo cobertor. Por enquanto, compartilhamos os mesmos sonhos.

Brasília, futura capital, terça-feira, 6 de janeiro de 1959

Ano novo, vida nova. Cá estou na cidade livre, livre e com um bom espaço alugado. Não consegui um lote, mas acabou sendo melhor alugar de um senhor que, por motivo de saúde, teve de desistir do seu negócio. E o melhor é que tem um barraco bem construído e me servirá também de moradia. Agora tenho contato com fornecedores de vários produtos e não precisarei correr de um lado para o outro.

Brasília, futura capital, quinta-feira, 8 de janeiro de 1959

Estou todo quebrado; não sabia do tal "dia das compras", das quintas-feiras. Um ônibus lotado de mulheres estacionou bem ao lado do meu comércio. Rasparam tudo o que eu tinha para vender. Amanhã estarei de folga.

Estou feliz porque descobri uma banca de jornais aqui pertinho. É o paraíso. Vou enriquecer minha prateleira de livros e revistas.

Quero registrar que meu compadre Zé preferiu montar barraco numa invasão um pouco mais longe do seu trabalho. Fiquei com pena, mas sei que tudo vai melhorar em breve. Ele não aceitou nenhuma ajuda.

Brasília, futura capital, quinta-feira, 15 de janeiro de 1959

Ouvi uma gritaria na rua e um pioneiro falava em alto e bom som que morreu o homem. Minhas pernas tremeram, mas consegui correr para o meio da rodinha que se formou em torno de um radinho de pilha. Aflito, fiquei sapeando. A notícia era que Bernardo Sayão morrera sob o tronco de uma árvore na floresta amazônica. Choros e gritos ecoaram por toda a cidade. Perdemos um herói do sertão selvagem, um exemplo de honra e dignidade. Sayão era conhecido e muito querido por todos nós pela sua garra e bravura. E, principalmente, pela amizade estreita com o Presidente e amor pelo Brasil. Coloquei também um pano preto no meu automóvel.

Brasília, futura capital, sábado, 17 de janeiro de 1959

Não aguentei e trouxe este meu caderninho amigo. Estou aqui na Igrejinha de Fátima aguardando a vinda do corpo para ser velado.

Milhares de pioneiros ao redor da igrejinha. Eu no meio.

Agora o Presidente Juscelino Kubitschek de Oliveira ao lado do caixão. Nem preciso escrever sobre lágrimas.

O cemitério Campo da Esperança prestes a receber o Homem. Encerro aqui, pois quero me juntar ao povo no momento final.

Brasília, futura capital, quarta-feira, 28 de janeiro de 1959

Água por todos os lados em vazamentos pelas gretas. Ruas estranhamente desertas e um barulhinho de chuva constante que só me faz bem. Claridade, somente pela minha lamparina e pelo clarão dos relâmpagos. Amanhã terei de novo a loucura das vendas das quintas-feiras e as ruas cheias de botas e chapéus, com ou sem águas descendo do céu.

Tirei a revista Manchete da parede. Sei que a beleza da princesa despertou o meu lado estético, o sentimento do belo e da organização. Passei a cuidar melhor da minha aparência e a do meu barraco no meio do nada. A sua imagem me cobrava tudo isso em todas as vezes que a admirava. A revista fez um belo papel e agora vai fazer companhia para as outras. Tenho a minha nova casa e a minha musa, a Emília.

Uma gostosa sensação de que o provisório vai virando definitivo.

Até breve, Nicolau.

Brasília, futura capital, sexta-feira, 20 de março de 1959

Receberei visitas amanhã! Coloco o ponto de exclamação por causa da importância do encontro. Emília e seus pais estarão presentes no meu novo lar. Será a primeira vez na capital da esperança e do sonho. Contratei uma moça para dar um trato na bagunça da casa. Estou aqui escrevendo como de costume, antes de pegar no sono. Desisti de folhear as páginas já escritas deste diário na intenção de enriquecer as prosas, contar os ocorridos nesta verdadeira aventura. Por quê? Respondo que é porque as novidades na cidade brotam a todo instante e eles vão desejar acompanhar, mesmo sendo fim de semana. Não teremos tanto tempo para tanto assunto. Por aqui ninguém para, nada para. Certamente a cidade livre estará pegando fogo, no bom sentido, e a área central com os martelos e pás a todo o vapor. Agora tenho um automóvel onde cabe todo mundo e vai rodar por todos os cantos para mostrar a grande epopeia. Se tiver sorte, teremos um tempinho de *solidão para os beijos e abraços. O velho truque de colocar coisas debaixo das cobertas poderá ser uma boa ideia para o disfarce e para uma pequena fuga a dois. Isso se ela concordar. Espero.*

O riso tomou conta da sala. Como não poderia deixar de ser, uma voz adolescente se manifestou:

— Vovó, e aí? Teve a fuga? – perguntou Maurício com os olhos brilhando de curiosidade.

— Menino sapeca! Como eu poderia esquecer? Sim, tivemos nossos momentos de intimidade, mas tudo nos conformes, era 1959. Nem precisou do disfarce na minha cama, pois papai e mamãe dormiam exaustos no mesmo quarto, quase ao meu lado. Na verdade, eu mesma me levantei e fui encontrar Nicolau. Tudo bem combinado!

— Se fosse hoje, hein?! – expressou meu irmão com a cara lavada.

Mais risos.

— Foi uma viagem maravilhosa. Ficamos encantados com o andamento das obras e, confesso, preocupados com as condições de penúria de muitos. Nicolau deu uma verdadeira aula e nos orientou que aquilo tudo era temporário e que a nova capital representaria a segurança para o governo, longe do litoral, e o progresso para as regiões esquecidas do nosso país. Ele estava corretíssimo. O Brasil não poderia acontecer somente na costa. Se não fosse Brasília, a conquista do nosso imenso interior seria demorada e muito mais penosa. Mas voltemos ao meu marido – ordenou mamãe, com a segurança de uma mulher de bem com a vida.

Brasília, futura capital, domingo, 12 de abril de 1959

Loucura. Mesmo sendo um domingo, a cidade ferve. O ritmo aqui é o do Presidente. Também a data da inauguração não está tão longe. Será no dia 21 de abril do ano que vem. Têm muita gente zombando, dizendo que jamais a cidade poderá ser inaugurada nesse prazo. Eu acredito piamente. Basta J.K. percorrer as obras com o seu sorriso e incentivo, os braços voltam com todas as forças e as mentes a sonhar alto.

A obrigação em forma de imenso prazer é o namorado ir à casa da namorada. Nos fins de semana lá estou eu, em Unaí. Cheguei há pouco e dá vontade de pegar a estrada de novo. Ai se eu pudesse acelerar o tempo. A semana durar o tempo de um dia.

Ouvi o comentário da dona Felícia sobre a necessidade de a filha começar a preparar o enxoval. Eu estava na sala e a duas na cozinha. Pela animação de Emília agora tenho certeza que a coisa é séria, muito séria. Precisarei da ajuda da minha irmã para comprar o terno e outros trens.

Minha cabeça agora só pensa em casamento.

— Meu Deus, papai não perdia nenhum detalhe! – disse Celeste, empolgada.

— Sim, filha. Eu nem imaginava que ele tinha ouvido aquela conversa com mamãe. Nicolau era muito observador, bom de orelha, disso eu sei bem.

—Vamos dar um *break* para descansar a voz da mamãe – sugeriu Saulo.

— E atacar a mesa! – completou Maurício.

Ficamos uma meia hora entre comer e beber com gosto e uma conversa animada sobre papai.

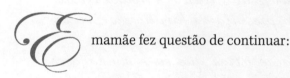

E mamãe fez questão de continuar:

Brasília, futura capital, quinta-feira, 22 de abril de 1959

Comprei um fogão de ferro fundido de 6 bocas. Agora sim, preparo minha comida com mais conforto e ainda tenho um belo aquecedor para as noites geladas. Sonho com um refrigerador e que será realizado quando tivermos energia elétrica definitiva, 24 horas. Por enquanto somente a dos geradores a diesel.

Brasília, futura capital, sábado, 23 de maio de 1959

Vento congelante e eu escrevendo debaixo das cobertas. Um dia para ficar na história de Brasí-

lia e do Brasil pela sua noite de gala. O Palace Hotel parou para ver o concurso e admirar a vencedora. Uma belíssima carioca foi eleita a Primeira Miss Brasília! Pena que eu não estava lá, mas certamente veremos a bela moça representando nossa Brasília mundo afora e nos honrando na divulgação da construção da nova capital do Brasil.

Brasília, futura capital, sábado, 13 de junho de 1959

A Aldeia em festa. Marcos e Joana oficializaram o noivado; presença da família da Emília, destaco.

Retomo para registrar que eu e minha doce namorada conversamos sobre o nosso. Pela animação e olhos brilhando tenho certeza de que será em breve, faltando apenas escolher a melhor data.

Acrescento que tive de dar uma aula sobre Brasília para meus irmãos e amigos. Amintas era o mais curioso e disse que desejava conhecer a cidade em breve. "Deixe o breve para lá vamos agora, na minha volta", eu falei com vontade. Ele matutou um pouco, depois concordou.

Brasília, futura capital, quinta-feira, 9 de julho de 1959

Homens plantando árvores e uma turma de mulheres não muito longe. Todas bem vestidas e com olhares curiosos, apreciando o feito. Parecia mais um evento social do que a presença de homens suados na lida dura do dia. Permaneceram ali por longo tempo e ouvi uma comentar sobre colocação de meio-fio em algum lugar, com certeza, um outro programa imperdível. Aqui não é ironia, mas é anotar sobre a alegria das mulheres testemunharem a realização de um grande sonho.

Brasília, futura capital, sexta-feira, 21 de agosto de 1959

Hoje me dei conta de que precisava parar de guardar dinheiro debaixo do colchão (risos). Resolvi, então, abrir uma conta no Banco da Lavoura. A modernidade está cinquenta anos em cinco e eu não posso ficar para trás. Agora tenho o amor da minha vida, Unaí – semana sim, semana não -, sogro, sogra, meu comércio, um radinho para a solidão das noites e uma conta no banco. Ah, e sou padrinho de um belo menino. A propósito, amanhã receberei a visita do meu compadre José Ribeiro. Quero agradecer a Deus por ter tido a cabeça boa de fazer este diário. Não sei se terá alguma validade. Nenhuma para os outros enquanto ele ficar em secreto; por enquanto, um homem apaixonado e suas anotações.

Brasília, futura capital, sábado, 12 de setembro de 1959

Um dia para ficar na História! Nosso Presidente fechou a barragem para o represamento das águas de um futuro grande lago. Eu estava lá para vibrar juntamente com o povo e parabenizar nosso J.K. pelos seus 57 anos. Foi o começo oficial da formação do Lago Paranoá e o começo de uma nova etapa na vida do nosso querido Juscelino. Nós agradecemos e o clima seco da cidade também.

Brasília, futura capital, domingo, 27 de setembro de 1959

Obras a mil. A cidade está nervosa. O dia da inauguração se aproxima e os contra estão enlouquecidos. Afirmam que não será possível inaugurar a capital em poucos meses, no dia de Tiradentes. Muitos não acreditam que o lago vai vingar e a cota mil jamais será alcançada. Como tem povo negativo, pessimista. Eu estou com o Presidente e com os bravos.

Brasília, futura capital, sábado, 21 de novembro de 1959

Casamento na roça! Até o padre ficou emocionado com tamanha demonstração de amor do belo casal. Marcos e Joana vão morar no Paraná, onde uma grande fazenda os espera.

Confesso que torci para que eles mudassem de ideia. Será um pouco duro estar longe de pessoas tão queridas, mas ao mesmo tempo terei mais estradas para desafiar.

Dei com os olhos nas lágrimas de mamãe quando a caminhonete partiu com as latas batendo forte no chão pelado.

Brasília, futura capital, segunda-feira, 28 de dezembro de 1959

Desejei fazer uma bela surpresa para Emília. O último Natal foi para lá de especial. Assim, após a ceia, as rezas, os abraços e o parabéns para Nosso Senhor Jesus Cristo, pedi a atenção de todos. Estávamos em Unaí, presença das nossas famílias. Primeiros minutos do dia 25 quando perguntei para Emília se ela queria se casar comigo. Ela respondeu com linda exclamação que sim, que sim! Mais que depressa, pedi sua mão em casamento. Abraçados ficamos eu, Emília, sogro, sogra e meus pais. As alianças ficaram nervosas nos nossos anelares direito. Certamente, aguardarão ansiosas para ficarem nos anelares esquerdo.

Mandei hoje uma cartinha para Marcos e Joana. "Sigo os seus passos", escrevi.

Foi preciso dar uma pausa para mamãe respirar. Neste intervalo, dona Lourdes abriu a porta da sala e foi logo entrando. Ouvira o ruído das nossas animadas vozes e resolvera descer para conferir, conforme anunciou.

— Sente-se, minha vizinha – convidou mamãe.

— Obrigada. Se eu atrapalho a reunião, podem me mandar embora.

— Era segredo até agora – brincou meu marido.

— Bem... dona Lourdes, na verdade estávamos lendo um diário, escrito por papai. Estamos nas últimas páginas. Se desejar saber um pouco mais, a mamãe comenta com a senhora depois.

— Nossa, nem imaginava. Prometo não atrapalhar.

Não teve jeito, ela nos pegou no pulo e já no finalzinho. Falamos que o diário é assunto apenas da família. Ela compreendeu.

— Serei orelhas atentas e boca calada – completou dona Lourdes com a sua tradicional risada.

— Podemos continuar? – perguntou mamãe.

— Sim – respondemos em conjunto.

Brasília, capital do Brasil, quinta-feira, 21 de abril de 1960

Agora está oficializado. Brasília é a capital do Brasil!!! O futuro chegou em grande estilo e a nova capital é assunto no mundo todo. Nosso belo país está completo: litoral e interior.

Estou morto. O dia foi da melhor loucura que se pode ter. Não sei se conseguirei relatar tudo o que vi e senti nas últimas horas de ontem e nesta data de grande contentamento. Tentarei resumir os ocorridos neste dia em que o céu estava de um azul ofuscante.

Lá estava eu para a missa solene de inauguração. Estacionei um pouco longe e fui orientado para o local por poderosos holofotes, onde riscos de luzes iluminavam o altar preparado na entrada do belo prédio do Poder Judiciário. A cruz da primeira missa do Brasil unindo os anos de 1500 e 1960 na celebração do amor de Deus, como uma gentileza de Portugal. A Praça estava lotadíssima e a emoção parecia se materializar no ar. Após alguns minutos de missa, o burburinho tomou conta e a conversa se referia ao choro do Presidente, lágrimas da emoção, lágrimas da missão cumprida. Depois a multiplicação das lágrimas da emoção quando, já nos primeiros minutos de hoje, 21 de abril, ouvimos as bênçãos do Papa João XXIII ecoando pelas ondas da Rádio Vaticano. O pensamento de que Brasília começara abençoada não saía da minha mente e alegrava o meu coração.

Cheguei um pouco atrasado, mas consegui presenciar o nosso Juscelino Kubitschek de Oliveira hastear a bandeira na Praça dos Três Poderes, logo ao amanhecer.

Depois acompanhei as notícias sobre a instalação simultânea dos Três Poderes, logo em seguida.

Pelo meu radinho de pilha ainda pude ouvir o histórico discurso do nosso Presidente pela Rádio Nacional de Brasília, ocorrido nesta manhã durante a sessão de instalação do governo no Palácio do Planalto. Começou assim:

"Não me é possível traduzir em palavras o que sinto e o que penso nesta hora, a mais importante de minha vida de homem público. A magnitude desta solenidade há de contrastar, por certo, com o tom simples de que me reveste a minha oração."

Outras partes que consegui decorar:

"Quando aqui chegamos, havia na grande extensão deserta apenas o silêncio e o mistério da natureza inviolada..."

"Viramos no dia de hoje uma página da História do Brasil. Prestigiado desde o instante, pelas duas Câmaras do Congresso Nacional e amparado pela opinião pública, através de incontável número de manifestações de apoio, sinceras e autenticamente patrióticas, dos brasileiros de todas as camadas sociais... Damos por cumprido o nosso dever..."

"Esta cidade, recém-nascida, já se enraizou na alma dos brasileiros; já elevou o prestígio nacional em todos os continentes; ..."

"... Explicai a vossos filhos o que está sendo feito agora..."

E jamais esquecerei:

"Neste dia — 21 de abril — consagrado ao Alferes Joaquim José da Silva Xavier, o Tiradentes, ao centésimo trigésimo oitavo ano da Independência e septuagésimo primeiro da República, declaro, sob a proteção de Deus, inaugurada a cidade de Brasília, Capital dos Estados Unidos do Brasil."

E no final da tarde, lá pelas 5h30, o início das festividades. O povo enlouquecendo por causa das acrobacias da esquadrilha da fumaça; as ruas tomadas por pessoas simples, nas suas melhores roupas de domingo; os homens finos em fraques, cartolas e casacas; as madames em seus longos vestidos e sapatos de verniz davam o toque de charme. Sessenta mil candangos vibraram ao ouvirem o elogio do Presidente, que salientou serem eles os operários do milagre. Confesso que eu também me senti homenageado, mesmo tendo largado o martelo para me dedicar ao oferecimento de produtos de primeira necessidade aos heróis. O reforço desse sentimento veio quando participei do desfile dos candangos em cima de um Fenemê. Os aplausos acabaram fazendo descer lágrimas pelos rostos em êxtase.

À noite, ah a noite! Um foguetório jamais visto pelos céus do Brasil. A nossa festa na Esplanada regada a músicas, bebidas, comidas e abraços. O maestro Eleazar de Carvalho dirigiu o concerto que emocionou a todos.

E o baile da inauguração. Uma noite de gala para abrilhantar as mais lindas páginas da nossa História. O ponto alto, fiquei sabendo, foi a abertura com JK. dançando a primeira valsa com a Miss Brasília 1959, a senhorita Marta Garcia. Um lindo quadro da combinação perfeita da música, dança, autoridade e beleza.

Enquanto as autoridades e convidados festejavam a noite de casacas e condecorações, eu permaneci festejando com o povo. Próximo da meia-noite achei por bem me recolher.

Dei conta!

Brasília, capital do Brasil, sexta-feira, 22 de abril de 1960

Sinto um vazio tremendo. Seguro as lágrimas que teimam em querer escorrer pelo meu rosto. Epopeia não há mais. O sonho acabou para ser ressuscitado na forma de realidade. Muitas obras ainda por fazer, mas agora serão construídas na cidade de Brasília, capital do Brasil. Então, decreto que a minha aventura termina aqui nas páginas deste meu diário. O que será de mim, de Emília? Pela minha vontade, desejo um casamento em muito breve e formar uma linda família. Meus filhos com saúde, amantes da vida na natureza, estudiosos, obedientes e bons leitores. E que nosso amor não termine jamais, viu Emília! A cidade livre vai acabar em breve e todos terão de sair. Só restarão as cinzas daquilo que um dia foi o coração e a alma da cidade. Muito triste será o momento em que o serviço de alto-falante da avenida anunciar que os tratores vão derrubar tudo, esmagar tudo. Hoje é feriado e haverá uma corrida de automóveis, não irei. Prefiro ficar aqui descansando e lamentando não ter insistido para que meus pais estivessem presentes no grande dia. Emília e família não viriam mesmo, por causa de compromissos. Custe o que custar, pretendo realizar o sonho de mamãe de ver o Presidente. Não faltará oportunidade, eu sei.

A vida continua firme e penso que me mudarei para a Avenida W3 Sul em muito breve. Aliás, está todo mundo com a mesma intenção. Neste momento posso imaginar que a avenida se estende sob o manto vermelho do entardecer e aguarda ansiosa pelo progresso. Guardarei na mala alguns objetos, o jornal da inauguração, a revista que embelezou minha parede e este diário tão especial para mim. Ainda teimo em deixá-lo em secreto. Desconfio que um dia ele será descoberto pela minha futura família e terá a sua importância. Deixarei uma pista. Obrigado, Senhor, por tudo!

Nicolau

32

braços e emoção. Resumo assim o final da leitura derradeira. Depois, as conversas calorosas de sempre sobre o que foi lido. Mamãe pediu a palavra:

— A pista que ele deixou estava na própria mala, em forma de uma frase colada, que dizia: "Curiosidade mata. Abra somente quando todos sentirem a necessidade". Ele já contava com a formação da sua família, e era comigo, tenho certeza... Algumas vezes eu me deparei com a mala e quando lia a frase a coragem de abri-la fugia na hora. E eu não tinha coragem de falar com ele e preferia pensar que era pura brincadeira. Então deixava para lá. Vai ver que era uma pegadinha, com a mala vazia, e teria de aguentar as gozações. Agora podemos entender que era por causa do diário, talvez de alguma forma, não sei.

— Encaixou direitinho com tudo o que passamos nos nossos encontros, a sua desconfiança. E sua bondade de caráter nos deixa um precioso legado – disse Celeste, seu rosto mostrando lágrimas.

— Mas vovó, e o que aconteceu depois da inauguração de Brasília? Pena que vovô Nicolau não continuou o diário. Queremos saber!

— Boa pergunta, Milena. Resumindo posso dizer o seguinte... bem, vamos lá! A cidade livre era para ser derrubada, conforme o seu avô informou. Muitos empresários e comerciantes se anteciparam e foram para o Plano Piloto, na avenida W3 Sul e nas ruas comerciais entre ela e o Eixo Rodoviário, o nosso Eixão. A parte vibrante da cidade passou a ficar nesses locais. Só que o morador da cidade livre não quis por nada no mundo se mudar para outro local, muito menos para a Asa Norte, principalmente pela má fama. Injusta, certamente. No fim, a cidade livre ficou livre de ir ao chão e foi inaugurada como Núcleo Bandeirante. Houve uma revolta e o governo cedeu. Foi muito difícil a vida no início, pois não havia muitas opções de lazer, principalmente. Quase tudo ainda para construir. Era chique uma pessoa dizer que não gostava da cidade, mas com o tempo o desgosto se transformou em amor incondicional. Brasília, Capital da Esperança, era o que estava nas bocas e nas mentes. O Congresso Nacional... a semelhança do seu prédio com a letra agá era uma referência a Homens, Honra e Honestidade. O comentário era geral na época.

— E o casamento, vovó? – perguntou Maurício.

— Casamos em 1961. Foi uma festa linda em Unaí. A cidade parou, a igreja lotada. Minha família era muito conhecida. Moramos em alguns lugares e Nicolau comprou um terreno na Península Norte, depois conhecida como Lago Norte. Construímos nossa casa aos poucos, até virar aquele casarão que você conheceu bem. Montamos uma loja de roupas na W3, depois a pizzaria. Um acerto e funcionando até hoje. Lembro-me de que ele insistia na conversa sobre o comércio atender duas coisas: a necessidade e o prazer. Pizza era alimento e dava muito prazer. O resto da história todos conhecem bem.

— Vovó, e o pessoal?

— Maurício, Milena – mamãe apontando para os dois –, visitem mais os parentes idosos que ainda estão em pé. Unaí, Paracatu, na roça. Marcos e Joana moram em Curitiba, como devem saber. Ficarão muito felizes com a presença de vocês dois. O Zé Ribeiro já partiu para cima, mas ainda temos a Marieta. Seus primos e primas têm um bom tempo que não abraçam vocês. Celeste, minha filha, viaje mais, leve suas crianças. O tempo voa...

Minha irmã fez que sim.

Maurício tomou a palavra:

— Não vou aceitar mais nenhuma desculpa da mamãe para não ir para a roça. Já estou bem grandinho e posso ir sozinho ou com meus amigos. Levo até a Milena – risos. – Quero tirar minha carteira para não depender mais de ninguém. Isso depois da minha formatura deste ano. Para dizer a verdade, vovô já é meu modelo de homem.

⌒ ∧∧ ⌒

Maurício foi o orador da sua turma e fez um discurso emocionante no evento de formatura do terceiro ano do ensino médio. Nos agradecimentos, destacou o exemplo de vida do seu avô Nicolau. Foi aplaudido de modo intenso. Era dezembro de 2019. Toda a família presente. Celeste orgulhosa e feliz. Milena surpreendeu ao entrar no auditório de braços dados com um homem olhando para o chão. Fingira desejar ir ao banheiro, mas na verdade era para o encontro combinado pelo WhatsApp com Jonas, seu pai. Para não causar um mal-estar, ele ficou sentado quatro fileiras de cadeiras acima da ex-esposa. Milena aproximou-se da mãe e lhe fez saber que não suportaria nenhum sinal de bronca, nem ela nem o irmão. Celeste respirou fundo e com um sorriso amarelo indicou que estava tudo bem.

Como não podia deixar de ser, a comemoração num restaurante. Milena e Maurício exigiram a presença do pai. Celeste teve de engolir. Aos poucos, a presença de Jonas foi tolerada e ele se sentiu encorajado para participar das conversas.

— Foi pedido insistente dos meus filhos – disse ele, sem graça. – Quero dizer para a família que hoje sou outro homem. Mesmo nos piores momentos depois da separação, tive contatos com os meus filhos. Procurei ajuda quando estava para fazer coisas piores com outra mulher. Graças a Deus, uma alma bondosa me encaminhou para uma clínica de recuperação. Nunca mais usei droga e sei que a batalha é diária, mas posso dizer que sou vitorioso.

Silêncio. Celeste ficou de cabeça baixa o tempo todo. Então, achei por bem falar:

— Apesar de tudo, Jonas, sinta-se bem-vindo. Afinal, hoje é um dia especial. E vamos torcer muito para que você realmente se recupere e tenha uma vida nova.

Celeste chorou muito depois daquele encontro inesperado. Saulo teve uma participação muito importante no socorro à irmã nos momentos mais difíceis da crise, sempre oferecendo palavras de conforto e abraços.

Era uma sexta-feira quando ele bateu à porta para pedir perdão para Celeste. Ficaram a sós por alguns minutos, não muito longe de mim, e a conversa me pareceu razoável. Depois, fiquei sabendo pela minha irmã que não houve qualquer decisão, apenas a possibilidade de uma amizade à distância, muito por ele ser pai e tentando ser realmente um novo homem.

EPÍLOGO

Mesmo depois de tanto tempo, quatro anos e pouco, desde dezembro de 2019, meu coração continua pulsando forte pela minha família. As principais crises foram resolvidas, apenas não poderia dizer a mesma coisa em relação à Celeste. Na última conversa que tivemos, ela me disse que a amizade à distância havia se aproximado da amizade próxima. Ela confirmou uma mudança para melhor no homem, lembrando um pouco o Jonas dos primeiros dias de namoro, quando era bem-apessoado e elegante nos modos. Mesmo assim, ela não abaixou a guarda e deseja dar mais tempo ao tempo. Uma reaproximação como casal ainda precisará de muitos cuidados.

Saulo é um homem casado com a melhor mulher que poderia ter. Raquel está ainda mais bonita, mais feliz e com a meiguice da voz ainda mais acentuada. Para completar a felicidade, espera uma menina. Celeste deseja se mudar para um apartamento na Asa Sul. Poderemos esperar novidade? Mamãe não ficará sozinha, pois a filha do falecido tio Nilton pretende estudar em Brasília e vai morar com ela. Tudo dentro dos conformes.

O melhor de tudo é falar sobre Maurício e Milena. Meu sobrinho se transformou em um jovem estudioso e com os melhores valores. Está quase concluindo Psicologia e já tem uma sala reservada na clínica do Dr. Heraldo. Pretende atuar, principalmente, para tratar dependência tecnológica em pacientes com episódios de ansiedade, insônia, impulsividade e depressão. Milena optou por fazer jornalismo nas redes sociais, cobrindo vários temas

Desci até o banquinho do meu quintal, onde tive muitas conversas com Saulo, para satisfazer o hábito de pensar sob a sombra protetora da minha árvore predileta. Meu pensamento começou com as demandas resolvidas da minha família. Sorri de orelha a orelha. Reproduzi na mente a imagem da minha amiga eterna e destaquei aquelas em que ela me encarava feito brava na intenção de me convencer a não carregar tantos pesos. Sorri em cada cena para Catarina. Lembrei-me do Saulo. Será que ele superou de verdade o seu trauma de infância? Não soube responder de verdade, então dei espaço para pedir a Deus proteção para as crianças. Caiu uma lágrima. E as preocupações com o uso excessivo dos celulares e computadores? Ri diante da certeza de que foram simplórias, comparadas com o advento da Inteligência Artificial, que já está gerando um mundo novo. Um universo de multiplicação da ciência, mas também dos perigos e da maldade humana.

Precisaremos de mais tesouros!

Formato	15,5 x 22,5 cm
Mancha gráfica	11,5 x 17,5cm
Papel	Pólen Soft 80g (miolo), cartão supremo 250g (capa)
Fontes	Rozha 20/24 (títulos)
	Kepler Std 12/16 (textos)